于继勇 著

青柠

时代出版传媒股份有限公司
安徽文艺出版社

图书在版编目（CIP）数据

青柠 / 于继勇著. -- 合肥 ： 安徽文艺出版社，
2025. 1. -- ISBN 978-7-5396-8190-0

Ⅰ. I267

中国国家版本馆 CIP 数据核字第 2024JX5917 号

青柠

QINGNING

出 版 人：姚　巍
责任编辑：张妍妍　段　婧　　　　封面设计：李　超
....
出版发行：安徽文艺出版社　　www.awpub.com
地　　址：合肥市翡翠路 1118 号　　邮政编码：230071
营 销 部：(0551)63533889
印　　制：永清县晔盛亚胶印有限公司　　(0316)6658662
....
开本：700×1000　1/16　印张：12.25　字数：130 千字
版次：2025 年 1 月第 1 版
印次：2025 年 1 月第 1 次印刷
定价：69.50 元
....

目录

帝国的乍暖还寒

一

1126年，靖康元年。这一年的正月，开封特别冷，风雪围城，地冻数尺，道路阻断。因为寒冷，城中的食物涨价，比平时高出数倍，买不起食物的穷人因冻饿而死。正月初七，本是万家灯火的日子，开封城下却来了一群如饿狼般的金兵。

严寒对于金兵来说却是一次机遇，主帅说，这大风雪等于给他们增添了二十万精兵。围城一个多月，金兵退去。

从十一月初开始便风雪不断，下得最久的一场大雪持续了二十多天，雪深齐腰。极度的严寒冻掉了守城士兵的耳朵和手指，非战斗减员严重。皇帝急得在院子里跺脚，喊了一批和尚和术士祈求老天放晴，给百姓留条生路。为了表达对上天的诚意，皇帝宋钦宗是光着脚站在雪地里祈祷的，但他的诚意并没有起什么作用。

为了抵御严寒，皇帝允许灾民进入皇家园林艮岳，拆亭榭为薪。救命的木柴引起哄抢，引发踩踏事故，伤亡一千多人。亭榭被拆得差不多了，皇帝又下令拆毁官屋取木材，卖给居民取暖，最后又开放皇家山林，任灾民、樵夫免费砍树取薪。

金兵趁风雪而来，这一次，经过数日的激战，金兵拆毁了宋人的防御工事，破城而入。腊月初二，皇帝在平日祭天的青城，向金国递交了投降书。金兵抢掠了财物，杀人放火之后，满载北去。受了屈辱的宋钦宗，仍在指挥着百官救济百姓。

靖康二年（1127年），严寒又像鬼怪附身。正月十七，大雪加大雾，金兵像幽灵一样，又攻克了开封城，仍然是杀人抢掠。被严寒冻得手脚僵硬的宋朝士兵，再也没有能力拿起武器保护他们的皇帝，宋钦宗被金兵以邀请打球为由，押到了金兵营区。

身在金兵营区的宋钦宗，听说城内被冻死街头的百姓比往年更多，忍不住泪流满面。冷彻骨髓的天气，让生长于白山黑水的金兵也难以忍受了，他们只好到开封的相国寺举行祈晴活动。

公元1127年5月13日，农历四月初一，宋钦宗和宋徽宗最后一次拜别了京城，连同六宫宫女与家眷，一行数百人，在金兵的押解下，在阴云密布的日子里，一步三回头，踏上了北上的不归路。由于瘟疫，加上饥寒，很多人死在了北上的路途中。这，就是中国历史上的"靖康耻"。

二

无论如何，一个王朝的衰落或者灭亡，肯定不能归罪于几场冰雪。政治腐败、经济衰退和军队战斗力减弱等因素纠合在一起，才是国家灭亡的真正原因。病入膏肓时，神医也无法妙手回春，这几乎是很多帝国灭亡的老套路。对于北宋王朝来说，冰雪只是压垮它的最后一根稻草。

只是，在考察很多国家灭亡的原因时，历史学家很少把气候原因考虑进去。毋庸置疑，气候会影响农业，关系到粮食收成和经济的繁荣与否。历史上爆发的很多次农民起义，就是因为农民交不起税，吃不上饭了，与其坐以待毙，不如揭竿而起造皇帝的反，拿命赌一把，万一赢了呢？

对于北宋来说，开国皇帝赵匡胤就是赌赢了的那个人，他像其他刚赢得天下的皇帝一样，有一个励精图治的开始：选贤任能，兴修水利，克勤克俭，减免赋税。

事实上，帮助宋太祖奠定基业的还有老天爷。现有的气候资料表明，两宋时期，地球处在温暖期，也就是说，北宋初年开封的平均气温要比现在开封的平均气温高2℃到3℃，也比北宋灭亡之前最后十年的平均气温高不少。

千万不要小看这2℃到3℃的气温，它所带来的影响可是巨大的。从《中国历史地理学概论》，以及竺可桢《中国近五千年来气候变迁的初步研究》可以看出，如果气温升高2℃到3℃，那么现在的暖温带就要往北移两到四个纬度。由于气温升高，喜温农作物的种植面积就会扩大，粮食就会丰产。也就是说，在北宋时期，亚热带和暖温带的纬度要比现在靠北。气候带并不是一条线，也不可能那么确切，史学资料和气候变化的大数据可以证明气候带是经常飘移的。而这种飘移，有时候是以世纪为单位的。

关于北宋末年地球是否进入小冰期，史学界仍在争论。有人认为两宋处在地球的典型温暖期，也有人认为北宋末年已经开始进入一个为期短暂的小冰期。但是一个无可争论的事实是，公元1100年后的开封，确实每年进入11月就开始有风雪。

三

北宋初年的温暖气候和纵贯南北的运河，为粮食丰产奠定了基础。而北宋王朝与边疆少数民族部落和平相处的政策，减少了征战，为发展经济赢得了时间和空间，所以才有一百多年的繁荣。当时的开封也成为人口有百万之众的世界级大都会。

现在能直观表现开封曾经繁荣的证据，就是张择端的《清明上河图》。这幅画描绘的是北宋灭亡前的开封。

宋熙宁五年（1072年），日本和尚成寻在他的旅行日记《参天台五台山记》里，详细地记载了沿途的风光，以及开封城里的繁荣，虽然短短数篇，却看得出他由衷的赞叹。同样，在孟元老的《东京梦华录》和沈括的《梦溪笔谈》，以及《宋会要辑稿》等书里，也有关于北宋社会经济和文化的记录。

北宋时期的气温比今天偏高。那个时期，淮河两岸的动植物也比今天丰富。

有必要回顾一下气候对淮河流域社会经济发展的影响。和其他河流相比，淮河自上游到下游，比降非常小，流速极缓，而且经过的地方大都是平原和地势平缓的丘陵，而在气候方面，处在冷暖交界的南北地理分界线上，这样的地理和气候，非常适宜粮食生产和人口繁殖，所以自古代以来，淮河流域就是重要的经济区。及至今天，这里仍以占全国 2.8% 的土地，养活了占全国 12.8% 的人口，以集中占全国八分之一的耕地，生产了占全国近五分之一的粮食，是中国重要的粮棉油基地。

优越的地理环境和重要的战略地位，使淮河成为群雄争霸的根据地。自有人类活动到新中国成立，中国历史上大大小小的战役，有四分之一发生在淮河流域，而先秦之前达到了二分之一。淮河流域的战争是另一个话题，有空细说。

四

有资料表明，在几千年前，淮河两岸不但有虎有豹，而且还有成群的大象和麋鹿。在安徽蒙城、泗县和怀远，都发掘出过象的遗骨，从而被命名为"淮河象"。这种象，如果是成群出现的话，至少在万年以前，因为此处有人类活动的时候，动物的生存空间就会被压缩。象群消失主要还是因为气候变冷，它们失去了食物。

由日本偷渡到中国的成寻，从天台山溯汴河北上时，经常看到养在船头或者岸上的鹿。那时候的鹿就像今天的山羊一样，是用来吃肉的，而不是珍稀动物。而成寻到达开封的时候，看到不少骑象和要象的人，作为人类的运输帮手，象在北宋就像今天骆驼在沙漠里。今天生活在长江流域的獐、竹鼠和貉，那时多见于关中地区和淮河流域。

气候偏暖，根据孢粉研究，如今长在淮河流域的水蕨，曾经生长在天津一带；河南东部到安徽淮北、砀山一带曾经多森林、草原和沼泽；而像茶树、橘树和苎麻这类热带或亚热带作物，在北宋则是开封到山东半岛一线常见作物。其实，还有更大胆的猜测：今天多煤田的地方，在远古，一定生长过森林和草原。

今天，秦岭—淮河一线作为暖温带和亚热带分界线，以及中国南北地理分界线的概念，已经被很多人接受了。这个概念是一百多年前，由地理学家张相文提出的，划定这条线的标准是年平均800毫米降水量、1月0℃等温线等要素。由此，也产生南稻北麦、南床北炕、南船北马等习惯迥异的生活方式。

五

著名学者汪荣祖几年前提出一个观点：朱明王朝灭亡，是因为它遇到了一个漫长的小冰期。仍然是习惯冰天雪地的生活、习惯马上作战的游牧民族南下，打败了习惯农耕生活的汉民族。寒冷的气候，不利于作物生长，冰天雪地里可以食用的东西越来越少，为了生存，南下寻找食物和生存空间，成为北方民族的选择。

也就是从两宋之后，长江流域开始大力发展，经济重心开始南移，南方一些河流和山地被大规模开发出来。江南，成为鱼米之乡的代名词。今天，宁向南走十步，不向北走一步，仍然是淮河流域"讨饭花子"熟悉的准则。

宋朝南迁之后，淮河以北地区被金统治，直到元朝统一中国。

因为水利失修，运河淤塞，水灾、蝗灾和旱灾暴发，再加上战争频繁，曾经的富饶之地，到了明初，成了十年有九年荒的不毛之地。为了恢复本地区的经济，朱元璋不得不实行规模宏大的移民政策。

虽然元、明、清三朝对淮河水患的治理从来没有停止过，但是，水患始终是此地人类的天敌，对水患的治理从来没有从根本上成功过。其实，考察一下淮河流域的地理地貌就会发现，这些灾难多是因为气候。水患是因为气候，干旱也是因为气候。

国之昌盛和衰落，有时候也要看看老天爷的脸色。

迷失黄浦

站在灯火辉映、人声鼎沸的黄浦江畔，我最强烈的感受是：在以前的想象中，我把这个地方的繁华夸大了。

曾经两次路过上海：一次是纯粹的路过，在火车车厢里，远远地看了一下远处的高楼；一次是采访路过，在街头摊开八开大的上海市交通地图，看着密织的路网，实在不知道自己该往哪个方向走。我在电话里告诉上海的朋友，上海太大了，我都不知道自己应该往哪个方向走。

南京路我还是知道的。从出租车上下来，站在徐家汇某商厦门前，我分不清东西南北，不停地问路。南京路给我的印象是粗线条的：路上人很多，供游客乘坐的游览车哐哐地来来往往，很多商店的牌牌都是竖放的，每隔百十米就有一家麦当劳或者肯德基，霓虹灯多得有点夸张。到上海之前，我曾去过香港，在中环和九龙的街道上，我也曾有过同样很茫茫然的感觉。对于太繁华的城市我总是有一种类似肌无力的症状，无所适从，不可把握。骨子里，我认为自己一直是属于那个用半个小时就可以围着壕沟跑一圈的村庄的。

在进入城市生活的十多年时间里，我梦里仍然会出现这样的场景：春末夏初，青青的草地，一群洁白的山羊低头啃草；在微风吹过的时候，高大的钻天杨那墨绿的叶子哗哗地响，像是舞台下的掌声；黄昏来临的时候，炊烟直起，很高很高，像是一根根旗杆；头发花白的奶奶，搂着孙子，眯着眼细声唱着歌谣，天边，星星开始闪烁了。

我知道在都市化浪潮的侵袭下，这样的场景在乡间已经很稀少，我的描写只能是一种被美化了的文学作品。田园牧歌仿佛是很久以前的事情了。

三十年前，在我的身体降生在温软的草床上的那一刻，我的血液中已经注定融入了乡村田野的因子。曾经是懵懂的乡村少年的我一步步走进城市，学习并适应城市的生存方式与游戏规则。因为血液里的固执，在城市中我只有客居的感觉。只有脚踏一亩三分地的时候，我才有一种主人的豁达和开阔，我是家乡那些庄稼和牛羊的主人。

我想，在上海南京路，任何人都不会对一条街有这种拥有的感觉，每天二十四小时不间断地人来人往，五颜六色的商品，不同的语言与肤色。因为这里注定是都市，国际化的舞台，而不是某个人的家乡。

二百多年来，上海从一个渔村，变成十里洋场，变成外国人眺望中国内陆的桥头堡、内窥中国的窗口。这种窗口的作用与感觉，让上海变得不具有传统中国的面貌，它不像中国其他城市，它注定是一个混血的孩子。对于偏远的内陆，因为见多识广、眼界开阔，它有些自傲；对于窗外，因为习惯和大洋对岸的发达国家在物质上进行对比，它又不够强硬，总是羡慕并追求着。

虽然被共和国作为模范生来培养，上海却从没有共和国长子的气概，它没有北京皇城根的优越感，也没有川湘城市的中国化面孔。上海一直很努力地向前走，它的目标是亚洲，是世界。如今，它实现了这个梦想。

一个城市的成长，最强烈的表现是对物质建设的狂热追求，这种强烈的物欲表达，很容易让人群拥有共同的亢奋幻觉——人人拥有很好的胃口，在物质上进行攀比、竞赛和抢夺。在世界渐渐被财富化、符号化之后，大家都习惯把拥有财富的多少作为成功与否的标志，小到个人，大到一个城市甚至一个国家。如果从更宽广的时空背景来看，这可能会是一种误导。城市与国家的气度在于财富的均衡，政治的最高境界应该是"天下大同"，让国民拥有一种平和的心态，一种安居乐业的环境。

欲望的过度表达，很容易让人的心态失衡，进入一种恶性循环的状态，永远没有止境。人什么时候能对物质的诱惑说"不"，说"我够了"的时候，也许，民族的大度与平和就出现了。一个聪明的人、聪明的城市和聪明的国度，应该知道自己要什么，什么时候是"够了"。

世界史和中国史上不是没有"天下大同"的盛世，但无一例外"盛极而衰"。"盛极而衰"广义上讲是一种自然规律，而究其缘由，总是有失误与漏洞的，简而言之，就是没有按规律办事，没有符合历史发展的方向。

二十年的时间里，中国以惊人的速度崛起，广袤的大地上曾经布满了工厂和道路，自上海至南京，几百公里的高速公路两边是绵延的高楼与厂房，是一条惊人的城市带。这里堪称中国极为杰出的典范之一，也是拥有财富极多的地方之一。这是强大的中国进步的最好证明。

从南京去上海，我在越来越繁华的都市群中看到了荒漠。我的悲观是那么不合时宜。这种悲观，就像踏上上海"风采号"游轮，导游把外滩两边的高楼大厦当作风景给游人看一样。披着霓虹的大楼只不过是钢筋水泥的作品，是人类自我能力的标榜，现在却成为风景。在一片片灰色的厂房之外，没有绿色，容易让人产生一种急躁的感觉。这里堆积的只有财富和不可遏止的欲望。二十年间，厂房布满了大地，胜过过去五千年。我不知道，五十年、一百年后，我们的子孙会遇到什么样的场面。唯物论告诉我们，几十年后，那些厂房或许有的会倒闭，有的会破产，有的会被拆掉并建设起新的厂房。不知道硬硬的水泥地上，还能不能生长庄稼，能不能流淌清清的溪流。

人类最初是群居性动物，合作为本。随着科技的发展，这种合作渐渐演变成一种财富分配制度，付出的多少可以量化。但是，在更多的时候，会有一些人赤裸裸地表现出占有者的彪悍，侵占或者掠夺，小到个人，大到国家，甚至不惜发动战争，以生命为代价。不可否认，对物质的争夺源于人类的本性，但是，这种争夺会损害一些优雅的气质，优雅越来越成为一件很难的事情。

11

　　游人在"风采号"上拍照、欢笑和惊叹，大家的目光都一直向上：两边的楼好高，东方明珠塔灯好亮。但是，没有人注意到船下污浊的江面漂着白色的泡沫和垃圾，没有人注意到现在的黄浦江水已经不可能像一百年前的江水那么清澈。这物欲的表达，加强的只能是消费感，而不是一种可以延续的精神或者文化。

朱元璋的城

凌晨四点，太阳出来之前，视野所及的树木与村庄都还被笼罩在浅浅的蓝色之中，启明星依然耀眼。护城河的薄雾里，早起觅食的水鸟在水面上空穿行。鸟儿用翅膀，在静止的时空里画下无影的曲线。更远的城市开始传来汽车的轰鸣和喇叭声。而郊区的农舍里，饥饿的猪和鸡鸭也开始欢叫。空气有些潮湿，这是大地吐纳一夜的气味。5月，庄稼长势奔放而张扬，它们要在被收割之前，吸收天地精华，为辛勤的农人奉献饱满的颗粒。

我们在明中都城墙最高的位置架好摄像机，锁定太阳升起的方向，准备录下太阳从凤阳城升起的模样。

蓝色的天空，随着慢慢升起的太阳，颜色变浅，甚至变白，直到一切都亮得刺眼。这是一个崭新的日子，这同样的日出，和六百多年前某一个早晨的，应该是相似的。只不过，那个早晨，站在这片土地上的是踌躇满志、壮怀激烈的朱元璋——一个刚刚统治了中国大半河山的皇帝。

初为丐，继为僧，终为帝。从一个乞食四方的和尚到帝国的皇

13

帝，朱元璋用了二十四年。这种独特的经历，在中国历史上独一无二，在世界史上也足够传奇。他的人生故事，真实而荒诞，就像一个以命相搏的赌徒孤注一掷走进豪奢而充满杀戮的赌场，当他出来时，连整个赌场都是他的了。

当朱元璋以帝王的身份站在他曾落魄如丧家犬的土地上时，他内心一定是百感交集的。他自己也清楚，站在街边向他低头跪拜的人群里，有熟知他往日穷困潦倒的人，也有他曾经的恩人与好友。他肯定不能忘记，在生命的最初时光，这片土地刻在他的生命年轮里的，都是一道道深深的伤痕，充满酸楚。心软的那一刻，他想照顾照顾仍然生活艰难的乡亲，需要众人分享他的幸福感。当贫贱变成了荣耀时，在胜利者心里，除了有扬扬得意，还会有一些淡淡的酸楚。所以他更需要用某个事件来彰显自己的权力，或者炫耀自己的胜利。现在，他准备实现自己的愿望。

即使在自己的谋士和大臣力谏劝阻的情况下，朱元璋还是决意在家乡凤阳，为自己建造一座史上最豪华的皇城。几道圣旨之后，来自全国各地的能工巧匠和苦力，就如工蚁一样，布满了淮河南岸的山坡与田野。作为帝王，他想满足自己的某一个癖好，这太简单了。朱元璋重用他的亲信兼老乡李善长，任命其为总工程师，亲临一线督工并主持整个工程的设计工作。

从洪武二年（1369 年）到洪武八年（1375 年），近百万民工和新移民，都投入建设新王朝都城的大潮中。建设了六年的明中都拔地而起，挺立在凤阳大地上。在朱元璋的人生规划里，他将在这里实现自己统治天下的梦想，也将在这里度过人生最绚丽的时光。

但是，一个偶然的事件，打乱了他的计划。

洪武八年四月，也许是一个阳光艳丽的日子，心情不错的朱元璋回到家乡祭祀祖先，并带领群臣去视察即将完工的中都城。然而，他是乘兴而去，败兴而归。在视察宫殿的时候，迎接他的是愤怒的工匠和因被奴役过度而苦病不堪的犯人。奢华的宫殿耗费巨大，官员们必须加紧搜刮，才能填补建都所需的物资。

据说是一件小事惹怒了朱元璋——在验工的时候，在宫殿的脊梁处，朱元璋发现了用于诅咒的木人，宫殿被施了法术，将来会有血光之灾。为了消除心头的怒火，朱元璋处死了几百名工匠。但是，工地上还有九万多名工匠，想到他们心头也积压着怒火，朱元璋犹豫了。

带着郁闷的心情回到南京后，朱元璋很快下了一道圣旨——停建中都城。人声鼎沸、车马喧哗的工地一下子要停工，总得给大家一个说得过去的理由。朱元璋给出的理由是，国家百废待兴，自己忘记古训，不考虑百姓负担，兴修豪华的宫殿，实在是不应该，所以现在停工，暂时把南京当都城吧，没用完的建材就用来修建皇陵什么的。当然，这是官方盛行的说辞。

一座即将完工的都城被罢建了，朱元璋对故乡失去了热情。他把精力用在对付江南富户和宫廷斗争上去了。史料证明，这是一个特别心狠和杀戮成性的皇帝，他不但除掉了和自己并肩战斗的大部分兄弟，干掉了很多看不顺眼的富豪，还以莫名其妙的理由杀掉了一批书生。

一座都城，很快地兴建，又突然地罢建，并任由其荒废，这在中国历史甚至世界史上也很少见。

再后来，这座历史上从来没有使用过一天的中都城的众多宫殿渐渐被拆毁，石料或者砖瓦被用于兴建同样位于凤阳的龙兴寺。清朝乾隆年间，一些城墙和钟楼被拆除，用于建设凤阳府；再后来，被拆除，用于重建被烧毁的龙兴寺。随着朝代更替，这座都城在历史的风雨里，渐渐成了遗址。一直到"文革"期间，城内遗留建筑几乎全被拆除，用于兴建学校或工厂。附近的百姓也经常从废弃的城墙上搬回城砖，用于盖房，或者垒猪圈、厕所。

1969 年，历史学者王剑英从北京下放到位于凤阳的"五七"干校。这名历史学者在紧张的劳动之余，偶然走进了凤阳明中都，夕阳下，他被这座废都的气势惊呆了，从此，他如醉如痴地开始了丈量和测绘，最后写出一本薄薄的册子——《明中都》，由此向史学界揭露了明朝罢建的都城的规模和现状。一座湮没于史册的旧都，吸引了众多学者的目光。明中都城，又一次回到众人的视野。只是这次，它是作为一个遗址存在了，而且是全国重点文物保护单位。

但是，关于朱元璋和这座城的很多谜团，只能永远是谜团了，没有人能看透那惊涛骇浪、风云变幻，也没有人能猜出那个神奇皇帝的心思。他到底在想什么呢？为什么要心血来潮地在自己的故乡建都，又莫名其妙地反悔了呢？难道，真的像历史所说的那样？

站在废旧的城墙之上，望着远处已经车水马龙的凤阳城，望着城墙内开始抽穗的麦子，望着那轮亮得让人眼晕的太阳，没有人能给我一个明确的答案。我的心中久久地回荡着一个熟悉的旋律：

"说凤阳，道凤阳，凤阳本是好地方，自从出了朱皇帝，十年倒有九年荒⋯⋯"

历史的走向有时候是能被强者左右的，但是，关于强者的历史评价，永远是他自己所左右不了的。

一群人，一座山

去浮山之前，我还不知道方以智，也不知道这座山有哪些值得留恋的景点。像是去赴一个期待许久的约会，走进这座山的时候，我才觉得是在慢慢走进一段激越宏大的历史。

在名山众多的安徽，浮山没什么名气，很多人甚至不清楚它的地理方位。从地图上看，浮山离长江很近，通过白荡湖和长江相接，它的西南方向有白兔湖、嬉子湖和菜子湖，几百年以前，或者在更久的年代，这些湖的水面应该是连成一片的。荡舟而行，从浮山可以进入长江，顺流而下去江苏南京，或逆流而上去江西九江。

也许是由于长江水道的改变，或是泥沙的沉积，在后来的日子，浮山离长江越来越远了。唐宋以来，随着经济重心由黄淮地区向长江流域转移，长江中下游地区经济开始繁荣，人口不断增长，毁湖垦田的现象大量出现，湖滩变成了水田。在中国历史上，在人口激增的几个朝代，毁林和堰湖成田的事情是经常发生的。因此，三面环水、山浮于大湖之上的场面，今天恐怕不太常见了。

在以水路为主要交通渠道的年代，长江上顺流而下的文人骚客可以很便捷地到达浮山，弃舟登山，寻亲访友，作数日小憩。因为交通和登山技术，历史上留有名人踪迹的文化名山，海拔都不是很高，而且攀登的难度都不太大。那些被皇帝封禅的名山，被历代文人尊崇，拥有很高的名望和地位。

长江之北的浮山，海拔几百米的样子，地处丘陵地形向山岳地形过渡的地段，山不高，却比较奇特，不但有火山喷发遗留下来的痕迹，还出产一种能漂浮于水面的山石。山虽小，却有自唐宋到民国的四百多块摩崖石刻。这些饱经风雨的石刻，证明了这座山曾经有过游人如织的场景。文人骚客来这座山的原因，是这座山有很多寺院与大和尚，也有盘踞此地多日的文坛巨擘。

山的风光大抵是相同的，流云飞瀑，山形树木，珍禽异兽，但是，如果一座山有了文化作为注脚，有历史名人的足迹，这座山便会与众不同。对文化的崇敬与对名人的好奇心，吸引了有文史情结的人前来膜拜，踏寻历史中的细枝末节。从那些摩崖石刻可以推断，浮山在几百年前，甚至一百年前的名气，肯定要比现在大得多。同在安徽境内，离浮山并不太远的地方，有一座琅琊山，因欧阳修的一篇《醉翁亭记》而为世人所知，一句"醉翁之意不在酒，在乎山水之间也"，也留下"醉翁"的美名。作为一个文化名流，欧阳修题字留名的地方，自然会被后生晚辈追捧。浮山被追捧，也许是因为这里聚拢了方以智家族和钱澄之家族，并孕育了桐城派。影响了中国文学史的桐城派的大家，都生活在离这座小山并不远的乡村。对于文化来说，这应该是值得骄傲的一片沃土。自古以来，枞阳有"穷不丢书"的传统，一直到现在，此地田夫野老中文采飞扬者仍比比皆是。

当"江淮熟，天下足"变成"苏湖熟，天下足"时，鱼米之乡江南物产丰富，浮山地区的百姓自然也是衣食无忧，村人养成舞文弄墨的风俗。文化能涵养乡风，带来进步的思想，在这种风气的熏染下，读书取仕成了一代代人的追求。一般来说，在繁忙的通商埠口，来自不同地域的人交会于此，信息和文化杂交融合，风气要比相对闭塞的地方开放得多。地处长江之滨的桐城正处在这样的地理环境，流通的信息，加上积淀丰富的地方文化，终于在明清之际孕育出桐城派。现在，早桐城派近半个世纪的方以智，甚至不如后来的方苞、刘大櫆、姚鼐知名。

方以智出身于名门望族。他的曾祖父方学渐，精通医学、理学，融会贯通，自成体系，著有《易蠡》《性善绎》等；他的祖父方大镇在万历年间曾任大理寺左少卿，著有《易意》《幽忠录》等数百卷；他的父亲方孔炤曾任湖广巡抚，精通医学、地理、军事，并且较早地接触西学，主张研习经世致用的知识，著有《周易时论》《全边略记》等。生在一个学养丰富的家庭，方以智自幼便受到很好的教育，这为他后来成为一代大家奠定了基础。《清史稿》本传记载："以智生有异秉，年十五，群经子史略能背诵。博涉多通，自天文、舆地、礼乐、律数、声音、文字、书画、医药、技勇之属，皆能考其源流，析其旨趣。"方以智少年风流，与冒襄、侯方域、陈贞慧合称"明末四公子"。

如果人生是条康庄大道，少年成名的方以智会走上和父辈一样的路，考取功名、入仕、著书。当他正是人生得意的时候，明朝衰微了，李自成带兵入北京，崇祯皇帝缢死煤山。南明小王朝虽然让方以智失望，甚至让他差一点家破人亡，但他仍然抱着一颗忠心，希望在朝堂有所作为。在朝廷的政治旋涡中，他不但报国无门，还被诬陷。在清朝正式统治了长江南北后，方以智成了一个出家的和尚，暗地里，他仍然忠诚于那个已经不存在的王朝。方以智的反清行为最终被告发，他死在被解往广东的路上。有人说他自沉于江西万安惶恐滩，有人说他在惶恐滩死于背疽。历史没有给这个本来应该成为一代大家的书生任何机会，三十岁以后，他要么奔波在为父亲申冤的路上，要么四处逃避一次又一次的追捕，要么在深山古刹隐姓埋名。他的忧愤多于欢喜，恐慌多于淡定，他的作品，大都是在和平时期打下草稿，在奔命期间零散写下的文字。

方以智是一个"叛乱分子"，清朝对他的态度多少有些暧昧，明显与对桐城派的不同。也许，这也是方以智一直处在"隐姓埋名"状态的原因吧。

秋高气爽，蓝天如洗，在这座山沉寂多年以后，沐浴着阳光，我登上这座海拔并不高的山。那些传说中的山寺已经没了往日的繁盛，住在山间的村民，似乎感觉到这座正在搞旅游开发的山即将迎来游人如织的场面，对我们这些手持相机到处拍照的人有些好奇。也许，在很久很久以前，这种一群舞文弄墨的人寻山问水的场景，也曾出现过。在几百年前的一个夜晚，三个年轻人怀着激动的心情秉烛夜游，观看先辈的题诗，然后勒石题诗。这三个年轻人是钟惺、林古度和程胤兆。现在，他们连夜写的诗就刻在崖壁上，他们崇拜的那个先辈叫雷鲤，一个著名的画家和诗人。

　　历史就是这么有意思，就像我们现在怀悠悠思古之情，看着自唐代到民国一代代人留下的题刻一样。时光在不知不觉中流逝，漂浮在时光长河中的人生与故事，也像河流一样，有时丰满，有时干涸。

哎哟，火车来了

一

站在蚌埠淮河铁路大桥边的堤岸上，每隔十几分钟，就会有一列呼啸而过的列车，在震耳的哐当声中飞驰而过。

这是长达1009公里的津浦铁路线上最重要的跨河大桥，1909年11月动工，1911年5月竣工。这座桥，由清政府筹划修建，修成之后已经是民国了。

因为这座大桥，淮河岸边的渔村古渡，一夜间成为20世纪20年代之后江淮地区红极一时的政治、文化、商贸和军事中心。今天，它是淮河岸边一座人口超百万的大型城市。淮河有九曲十八弯，一百年前淮河之上舟楫相接、白帆点点。因为盛产河蚌，这个小渔村有了一个极具乡土气息和地方色彩的名字——蚌埠。

蚌埠原属凤阳府，清代《凤阳府志》称为蚌埠集。蚌埠当年默默无闻，但凤阳确是龙兴之地。从淮河岸边逃荒出来的穷小子朱元璋，参加农民起义，率军过关斩将，最终推翻了元朝统治，建立了大明帝国。

明初，由于连年战乱，加上疫病流行，黄河、淮河、运河连连泛滥，中原人口锐减。洪武八年（1375 年）又洪水暴发，淹了今山东、江苏、河南、河北、安徽数省，中原大地赤野千里，人迹罕见。朱元璋煞费苦心地从江南苏州和太湖一带移民，想让凤阳成为人口百万的都城，但是建了六年的中都城又在一夜之间停工罢建——他心灰意冷地回到了南京。朱元璋没完成的心愿，在六百年后，被两根小小的铁轨轻而易举地完成了。只不过这个百万人口的都市不是凤阳，而是蚌埠。

二

1865 年，英国商人在北京修建了一条很短的铁路，把火车当展品，在地上开来开去。这个钢铁怪物震惊朝野，民间流传"地上铺铁，清朝要灭"，吓破了胆的慈禧太后命人立即拆除。但是，在西方列强坚船利炮的"教育"与威胁之下，老迈的清政府最终还是走上了图新的道路。

1880 年，刘铭传上书清政府，要求政府举洋债，修建从北京经山东到达镇江的铁路。这也是中国人第一次提出建南北铁路的概念。这条南北铁路叫津镇线，由天津到徐州折向东南，沿京杭大运河经宿迁、淮安到扬州，再过长江与镇江，最后与上海到南京的铁路连接。

然而津镇线的修建计划，却在古城扬州受阻。

扬州城内靠运河航运发财的盐商和士绅，以修铁路会破坏风水惊了祖宗为由，反对津镇铁路经过扬州。津镇铁路被迫改道，铁路由徐州往南，经安徽宿县（今宿州市）往南过淮河，经蚌埠向南到浦口，火车由轮渡过长江，与沪宁铁路相连。

铁路绕开了富可敌国的扬州，城内的商人为自己的胜利而庆贺。

扬州人做梦也不会想到，他们要等待近一百年，才能看到火车经过这座城市。

有目共睹，靠运河起家的扬州，因为和津浦铁路线失之交臂而渐失繁华，渐渐输给身边的镇江。

19 世纪中叶，工业化大潮扑面而来，东方帝国陈旧的经济组织方式行将结束。中国赖以生存的运河经济遇到了重重危机。

运河危机产生的间接原因是一场战争。1851 年，太平天国起义，到 1855 年 3 月，战火燃遍江淮。正当清军和太平军在大江南北鏖战之际，七百多年来一直在苏北入海的黄河因连年战乱年久失修，发生了一次灾难性的大改道，从此改由山东入海，留下了一大片贫穷和苦难的黄泛区。黄河改道后，南北运河彻底淤塞，从此，这条在中国封建社会使用了一千三百年的大运河在中国经济中的作用渐渐消失。

河流与道路是经济的血脉，路不通了，血脉渐枯。在农业文明时代，河流是帝国的血管，决定着帝国血糖浓度的高低。城内的运河是帝国的食道，京城里皇帝百官的吃穿俸禄都靠它运送。运河是一项产业，从上至下，从南到北，从治河、巡盐的大小官员到挑夫、船工、盐商，无数的人直接靠它吃饭生存。

西方的火车越来越快，越跑越远。1824 年，中国的大运河上发生了一个具有象征意义的事件：沿运河运往北京的粮船因为河道的严重淤塞而被阻在黄河以南。1845 年前后，运往京师的漕米开始由上海运往天津。

1872 年，清政府全部用海轮运漕粮，全面停止河运。火车的诞生和运河的衰亡就如此"凑巧"地发生在同一个时代。

而从扬州向北，京杭大运河沿线城市通州、临清、济宁等，无一例外，都走向了寂寥与衰败。

中国人自古有天道常变的观念，五行学说认为，事物总是循环相克，又循环相生的。火车对人类而言，是火力战胜了水力，机器战胜了人力和风力，现代交通战胜了传统交通。津浦线加沪宁线，不断流淌着中国近代化的血液，扬州却越来越小城化、乡村化、边缘化。

三

在大洋彼岸的美国，有一个城市与扬州有着相似的经历，它就是圣路易斯。两三百年前，圣路易斯还是美国中部的重镇，那时人们通过密西西比河用船将棉花、蔗糖、皮毛运到各个城市去。圣路易斯沿河的码头上和作坊里堆满货物，它几乎成为美国商业文明兴旺和辉煌的象征。后来，横贯美国东西铁路工程的计划开始实行，圣路易斯的市民决定全力阻止"一个跑在两条铁轨上的危险怪物"，并举行了公民投票。铁路计划很顺利地遭到了绝大多数公民的否决。很快，密西西比河的水路运输随着铁路运输的兴起而没落，"精明"的圣路易斯人痛心地发现：他们的金饭碗碎了。

这是一件多么相似的事件！

在人类历史上，对城市发展格局影响最大的交通工具便是火车，在工业革命后，可以说随着每一寸铁轨的延伸，世界原本偏远的地方就会涌现出一座新兴的城市，而那些传统、守旧、拒绝火车的城市，无一例外，都被时代抛弃。

不知道是不是巧合，蚌埠淮河铁路大桥在1909年开工，一百年以后，代表现代跃进的京沪高铁在2009年完成淮河段的特大桥合龙。

2003年，在扬州铺下宁启铁路的第一根铁轨，这距世界上出现第一条铁路一百七十八年，距中国出现第一条具有运输功能的铁路一百二十七年，距令扬州人百感交集的津浦铁路通车九十一年。

2004年4月18日，火车的一声汽笛结束扬州"身"无寸铁的历史。从此，扬州终于可以挥别那段没有铁路的伤痛史。而此时的蚌埠，已经成为南北铁路运输的重要枢纽。

乐土太和

知道太和，缘于一个故事。

三十多年前，信息闭塞，交通艰难，乡村最重要的娱乐活动就是听戏。每次来了戏班，都会在村中最平阔的地方搭戏台。晚饭后，锣鼓响起，在汽油灯的照耀下，一场大戏从傍晚唱到午夜。戏班居无定所，村民要轮流管唱戏的人吃住，一家分一到两个人。

有一次，我们家分来了一个弹琵琶的小伙子，他长着一嘴白牙，却不怎么爱说笑。小伙子不弹琵琶的时候就在台上扮士兵，举着旗子跑来跑去。小伙子住在我家的时候，每天都吃得很少，而且吃了饭就出门，倚着我家门前的麦秸垛弹琵琶。那个小伙子说，他的父亲是太和人，母亲是河南人，他现在跟着河南人学唱豫剧。

唱戏是一门职业，唱戏唱出名的人，会受到大家的尊重和追捧。小伙子希望自己能成为一个名角儿，可是他说自己的嗓子太窄，并不太适合唱黑头和花脸，所以，如果能把琵琶弹好也很不错了。他练习时很用功，希望自己能更加出众。那时候，每个人都能真切地感受到生活的艰难，出人头地是每个乡村青年的理想，可惜能改变命运的路太少。

小伙子清瘦，我母亲会在面条碗里给他多加个鸡蛋，但是小伙子总是把鸡蛋让给我吃，所以我对他心存感激，在他弹琵琶的时候就跟在他身边。一晃三十多年过去了，当年的小伙子如今应该也年过半百了，但他的勤奋和善良，给我留下了深深的印象。

从此，我对"太和"这个名字产生了强烈的兴趣，总是感觉这个名字和"大象无形"或"大音希声"有关。后来得知太和原本叫"泰和"，泰，平安美好的意思。在土地属于帝王的时候，他们希望天下太平，风调雨顺，生产更多的粮食和财富。皇帝会对每一片土地都寄予美好的希望，美好的名字便是一个美丽的开始。

我的人生在1998年和太和发生了亲密关系。春天，我随女友一起回太和省亲，去看望她的父母和亲人。女友家的亲戚都很热情，每天端上饭桌的菜里都有一盘香椿芽炒鸡蛋。

春天里，太和最著名的菜就是香椿芽，从冒出第一簇嫩叶开始，香椿芽就可以一茬茬地采摘，一直吃到初夏。香椿芽炒鸡蛋是太和当地的时令菜，做法简单，吃起来却喷香可口，据说还有养生功能。嫩嫩的叶芽可以盐渍，冷冻珍藏，可以吃整整一年。我们结婚后，太和的亲戚每年都会送来腌香椿芽。将香椿芽切碎，配以青辣椒丝、洋葱片和太和麻油，就是地道的乡村味道。

麻油的原料是芝麻，也是太和比较常见的农作物。除此之外，这里还盛产油菜、大豆和棉花。这里向来以土地肥沃著称，是中国小麦的主产区，是江淮地区的粮仓。能被称作粮仓的地方，一定会有合适的降水、适宜的气候和充足的光照。庄稼是大自然的馈赠，也是聪明的祖先反反复复试验后的选择，不能轻视每一种作物，因为它们带着远古的基因和智慧的密码。据当地的种粮大户说，他们的小麦田和玉米田，都曾经创造了安徽省亩产第一的成绩。因为土地肥沃，这里也吸引了不少农业科技示范企业，从国外引进立体轮植技术，几亩地的温室大棚，一年的利润竟然高达几十万元，高科技农业仍然是充满希望的朝阳产业。

肥沃的土地会引来嫉妒的眼神。在中国古代史里，群雄逐鹿中原的年代，这里是战争比较频繁的地带。"春秋五霸"之一的楚国，第四十二任君王考烈王，曾经迁都钜阳。钜阳，在今天的太和宫集镇北约 20 公里的地方，这里的坡地起伏不平，布满了瓦砾碎砖。遗址周边的村名都与宫殿有关，一些地名仍然带着远古的色彩。历史以最朴实的方式被记录了下来。这里被列为安徽省 36 处古遗迹之一。

考烈王二十五年（前 238 年），楚国为强秦所侵，且战且退，迁都到淮河岸边的寿春，并在那里结束了楚国的历史。因为土地珍贵，所以当敌人入侵的时候，百姓才会拼死抵抗。这里关于义士和英雄的故事，从来都不曾断绝。战争结束后，这里的百姓过上安居乐业的生活。当炊烟平静地飘荡在村庄的上空时，田园牧歌才会真正地被写进史册，诗与歌才会有人记载。

被写进史册的有英雄，也有文人。太和县城以北数十里的倪邱镇，和一个历史名人有关。倪邱镇得名于倪宽。《后汉书》载，倪宽是汉代武帝时期的御史大夫，祖籍是山东广饶。倪宽出身贫寒，从小就跟父母种田，先跟同乡欧阳生学习今文《尚书》，后来又千里迢迢来到汝南郡细阳谷堆集，向多才多艺、知识渊博的柳林先生学习经书。细阳，就是今天的太和县。

柳林先生对远道而来的倪宽并不太客气，有一些怠慢，经过捕鱼、锄地等数次考验后，才肯收他为徒。我认为这可能是史学家的臆想，皖北人向来热情，对远道而来的客人总是掏心掏肺的，学识丰富的柳林先生，怎么会不知道待客的礼数呢？怠慢，也许只是为了增强人物的故事性罢了。

倪宽在下田干活时总是把经书捆在锄头上，休息的时候就打开学习一会儿，然后继续干活，"带经而锄"的美丽故事就流传了下来。明嘉靖年间，后人为纪念倪宽勤奋好学的精神，建了一座经锄楼。这是座宽约丈二、高约四丈的方形两层小楼，楼上是书房兼卧室，南北各有两扇圆形小窗，西边是落地式四扇大窗。虽经风雨，但经后代不断修葺，今尚完好。在一马平川的平原上，在没有楼房的年代，这座小楼还是非常显眼的。在小楼上举目远望，麦浪如波，定是不错的风光。

倪宽虽逝，习文尚武的风气却在这片土地上流传了下来。虽然地处平原，太和却是中国著名的书画之乡，全县一百多万人口，竟然有几十位中国书画家协会会员。在乡镇间，最热闹的集会不是农贸，竟然是书画展。人人写得一手好字，个个能绘山水，已经成了乡村最时尚的事情。文艺，不必教化，它自在潜移默化中生根发芽。

8月，我随着安徽作家采风团走进太和县中医院，被住院部四壁的中华传统文化的墙绘给震惊了，上千平方米的巨画，把这里布置成了一座色彩绚丽的殿堂。也许，那些被病痛折磨的人，在打开窗口看到那些美丽的绘画时，会换一种心境吧。在以文艺特色教育著称的太和二中，从这里毕业的孩子们，以涂鸦的形式把教室和墙壁画了个遍，奔放而自然，让人感动。这些让人相信，艺术发生在这里绝对不是偶然。

　　一片土地有一片土地的基因，无论是自然的，还是人文的。虽然太和缺少大山大水，但是这里最大的特色就是平阔，放眼望去，目光的尽头总是绿油油的，充满生机。平阔给了这里的人们率真直爽的性格，也给予他们达观向上的精神。虽然这里曾有战争的硝烟、水患的磨砺，但是，当一切复归平静时，这里又是安居乐业的人间天堂。

　　平安而美好，谓之太和。

粮食的革命

一

杭州城外有一个很特别的景点——八卦田。这是南宋皇帝赵构移都临安时筑造的和天坛、地坛类似的仪式性场所。不同的是，这块八卦田里种植着八种作物。

每年春耕开犁鞭打土牛的时节，南宋皇帝都要在这块八卦田里扶犁劳作，并举行祈福仪式。扶犁当然是表演性的，目的是劝诫百官百姓重视粮食生产。

明太祖朱元璋对农业生产更重视。这个从社会底层奋斗出来的皇帝，登基伊始就大举兴修水利，对因水患和战乱而荒芜的土地进行复耕。对于贫困缺少耕牛的人家，政府花钱从广东买来耕牛分配给他们。政府不但免费供给耕牛，还免费分发种子，目的就是让大家进行粮食生产。

朱元璋还设置了一个劝农机构，甄选农事经验丰富的乡下老人，任命为劝农官，每天敲钟打锣，督促农民起床劳作，并教授农民提高农作物产量的方法。对那些懒惰、不积极种田的农夫，劝农官还有举报和惩罚的权力。

农民的利益高于一切，明太祖把粮食生产记在心里，写在纸上，凤阳的钟楼上至今还保留着他的墨宝：万世根本。万世根本，指的就是农业。

囤里有粮，心里不慌，只有粮食丰收了，农村才能稳定，皇权才能无忧。

二

1194 年开始的黄河夺淮，是中国水利史上的重大事件，也是淮河流域由盛转衰的节点。

也是从南宋开始，"江淮熟，天下足"渐渐变成了"苏湖熟，天下足"，中国著名的粮仓在宋金对峙之后，日渐落寞了。

隋唐以前，中国的经济重心和政治中心是合二为一的，经常集中在以长安、洛阳为中心的西北及关中地区。富饶的关中，提供了丰富的粮食、桑麻及兵器，生活物资并不仰仗江淮地区。

中唐之后，西北及关中的土地被大地主阶层分割兼并，土地耕作频繁，得不到轮休，再加上水土流失，粮食开始减产。唐高宗之后，为了获得更多的粮食和日用品，一年中有几个月的时间，皇帝要带领群臣迁居到东都洛阳办公。从长安到洛阳，有几百里的路要走，每年搬来搬去，辛苦而劳累。

安史之乱加速了唐帝国的灭亡，也加速了中国政治中心和经济重心的分割。从此以后，中国经济重心南移江南，这种分离的状态持续到今天。

因为运河被地方军占领，粮食运不到长安，有时候连皇帝都饿得两眼冒金星，老百姓的日子还能好过到哪里？更别提粮食生产了。粮食，决定着帝国的兴衰。

三

如果把中国人的食谱画成一条曲线，它一定是不断上升且从简到繁的，历经四五千年的演变，才有了今天品种繁多的食物。

古人的食谱非常简单，一般说是"五谷杂粮"。五谷，有一种说法是稻、黍、稷、麦、菽。这五种粮食中，黍、稷是我国中东部地区人民自己培育的，黍是黄米，稷就是谷子；菽是西北或东北地区人民培育的，菽是豆类；稻是中国南部地区人民培育的；麦，小麦、大麦，发源地在西亚，属于引进品种。

从商朝开始，产自西亚的小麦和大麦就沿着中亚、甘肃河西走廊传入我国，丰富了祖先的食谱。直到春秋战国时期，华夏族人的主要粮食还是豆类，用豆类植物的果实做饭，用叶子做汤，食品结构单调而乏味。

黄土高原松软而多孔的土壤具有很强的吸附性，能最大限度地保持水分，并且能从很深的地下汲取丰富的矿物质，并把这些矿物质作为养料供应给小麦。那个时候，撒下一把种子，能收获五倍于种子的粮食。小麦的丰收，奠定了关中地区繁荣的基础。中华文明，就在这里扎下了深深的根。

四

公元前 139 年，奉汉武帝之命出使西域的张骞，打通了通往西域的丝绸之路，也从西域引进了葡萄、苜蓿、石榴、芝麻、胡椒、黄瓜、西瓜、大蒜、香菜等物种。这些植物的称呼，在当时往往被冠以"胡"字。

麦类作物引起中国饮食结构的变革，这是中国自商代开始的第一次粮食革命。现在，小麦仍是中国北方及淮北平原的主要粮食作物。

南北朝时期北方连年战乱，五胡乱华之后，大量的北方人移居到南方，南方的土地、山林被大量垦殖。唐朝安史之乱以后，又一大批北方人越过长江进入南方，人口增加给当地带来了严重的资源压力，最重要的问题当然是吃饭。

北宋初年，越南的占城稻传入中国，这是一个非常优良的稻作品种。在占城稻的基础上，中国人培育出更多的稻米品种。

北方人为江南带去了先进的生产工具，以及引渠灌溉等先进的农业水利技术。江南温润的气候，为稻米三年两熟或一年两熟奠定了基础，粮食丰产减轻了资源压力。

流经淮河地区的隋唐运河，成为唐宋两朝南粮北运的大动脉。采取分段运输的方法，南方的粮食源源不断地被运往北方的都城，也有一部分被继续运往更北方的陕西及河北，成为军需物资。

粮食丰收缓和了阶级矛盾，吃饱穿暖后，农民就失去了反抗的意志，即使统治阶层有一些盘剥的行为，他们也会忍气吞声，得过且过。

占城稻，导致了中国农业史上的第二次粮食革命。

五

来自北方草原的游牧民族对粮食革命没有太多的推进，淮河以北的土地有的变成了牧场。帝都仍在北方，京城需要大量的粮食和消费品，所以，元朝建立之后，动手开挖了通达南北的运河。

明朝初立，由于连年的战争，加上水患，曾经富饶的大粮仓已经是"白骨露于野，千里无鸡鸣"，大片失修的土地长满荒草，没有人烟。

为了让大片的土地重现生机，恢复粮食生产，明太祖朱元璋一方面兴修水利，一方面开始实行大规模的移民政策，从江南富庶之地，移十万民众到他的老家凤阳进行农业生产。

江南人移到江北生活，虽有众多的怨言与不习惯，客观上说，还是促进了淮河地区的繁荣。

让明王朝复兴成为亚洲强国的，还有两种非常重要的粮食作物——红薯和玉米。

15世纪开始的大航海潮流改变了世界的格局，加速了世界的融合与交流。欧洲人把原产于美洲的玉米、红薯等粮食作物带到了菲律宾、马来西亚等东南亚国家，再经由这些国家传进中国。

这些来自南洋的作物，往往被冠以"番"字。比如红薯叫
"番薯"，西红柿叫"番茄"，向日葵叫"西番菊"，而辣椒叫"番
椒"。

红薯在中国有 20 多种名字，种在山坡上的叫"山芋"，种在平
原的叫"红芋"，而在西北地区叫"地瓜"。不同的称呼也反映了
它对气候与土壤的极强的适应性。

六

今天，在有"中国山芋之乡"之称的安徽泗县，每年都大面积
种植红薯。这里曾经是黄河夺淮的重灾区，一百五十多年前，北迁
的黄河在这里留下了厚厚的泥沙，现在，这些泥沙成为红薯丰产的
土壤。冬天来临，泗县的农民会把红薯加工成粉丝，泗县的粉丝和
粉条又是淮河流域的一大特产。

和红薯同时期传入中国的还有玉米，玉米也是原产美洲的作
物。玉米和红薯，已经和稻子、小麦、大豆，并列成为淮河流域的
主要农作物。

亩产更大的红薯和玉米，再次改变了中国人的粮食结构，不但
帮助中国人在此后几百年间渡过了一次一次的天灾人祸，也使中国
的人口在几百年间不断地翻番增加。中国人口从 1 亿到 4 亿，在这
个发展过程中，这几种美洲作物发挥了巨大的作用。

江淮地区对美洲作物的引进，是中国粮食的第三次革命。

七

中国第四次从国外引进粮食、水果和蔬菜的高潮，是清朝打开国门之后。因为开眼看世界了，所有外来的物种都被冠以"洋"字，比如洋葱、洋柿子、洋白菜。被称作"洋芋"的马铃薯，也就是今天被广泛种植的土豆。

今天中国人的饭菜丰富而多彩，大量的食物填充着中国人永不满足的胃口。广袤的淮北平原是中国粮棉油的主产区，皖北的一些县、市仍然是中国的产粮大县、大市。在水利得到兴修的今天，粮食丰产有了基本的保证。

在眼花缭乱、物质丰裕的电子化时代，仍然不要轻视粮食的重要性，虽然价格低廉易取易得，但作为生命的养料，粮食仍然珍贵如金。

寂寞拙政园

　　在江南，所有被称作景区的地方，令人印象最深刻的场面肯定不是小桥流水和悠悠的小船，而是比肩接踵的游人。

　　拙政园也是一样。4月，草绿花艳，我慕名走进这座心仪已久的江南著名园林，没有同行者的兴奋和欣喜，心里平静得很，像园内水波不兴的池塘。

　　中国四大古典园林中，我最早知道的就是拙政园。在我很小的时候，我们家的墙上贴满了花花绿绿的水彩画和风景画，其中就有拙政园的四幅风景照片，分别是《小沧浪》《见山楼》《香洲》《水廊》。这几幅一共花五毛钱买来的风景画，在墙上挂了四五年的时间，也让我梦想了四五年。画就在我的床头上，睁眼闭眼，看到的都是它们。我一直在想，那墨绿的水榭楼台中间一定藏着缠绵悱恻的故事，像《西厢记》里的秀才娘子戏，也最好就发生在这样的地方。

　　那时候家乡有一首很流行的民间小调，叫《摘石榴》，其中有一句是"妹妹挨打如割我的肉，你不如跟我一道去下扬州"。大人们说扬州离苏州很近,是人间天堂。

所以,我觉得雾笼艋舟、柳绿桃红、美人满街的苏州离黑土肥沃的淮北很远,远到我觉得自己一辈子都去不了那里。所以,当站在拙政园高大的门楼下时,我很惊诧于自己的平静。也许因为梦想被时间冲淡了,或者是对江南见多了的缘故,我木木然地随着一群戴着印有旅行社名号的帽子的游客,走进大门,走进曾经梦想的亭台楼榭、九曲回廊,抑或花团锦簇。

拙政园的名字取自晋代潘岳《闲居赋》:"孝乎惟孝,友于兄弟,此亦拙者之为政也。"把躬耕田园、捕鱼放羊当作一生的事业来经营,应该是潘岳在被政治中心边缘化之后无奈的选择。魏晋风流,池塘树林之间,围坐着宽袍大袖的士人,说经谈玄。还有一部分人,专心钻研化学知识,炼丹食药,梦想成仙。

许多有志青年放弃报国理想,而去干一些貌似不可理喻的事情,甘心过一种边缘化生活,绝对不是一个正常的现象。潘岳只不过是他们中的一个代表,一个过早醒悟者。潘岳离世五十年后,庐山脚下出现了一位继承者——陶潜。

潘、陶之后,有类似遭遇的人,似乎不约而同地选择了躬耕田园、捕鱼放羊的农牧生活。毕竟他们骨子里并不是农民,他们是痛苦的清醒者,和以酒买醉的同类相比,他们只不过是把心思放到了草木之上。

一个心随草木的人,其实早已心死。活着,只不过是为了延续血肉之躯,或者满足生理上的需求。

拙政园的第一任主人王献臣就是另一个潘岳,同样政治失意,弃官归田，也同样在莳花弄草的时候心怀不满。远离政治之后，王献臣反而把人生和政治都看得很清楚，他知道政治有九曲回廊，人生如亭，可以借船见山，更应该八面玲珑。因为，他心怀不甘，一个亭子的顶部便被做成了官帽的样子。

落魄江湖借画抒怀的文徵明碰到政治失意的王献臣，与其说是两人互相欣赏对方的品行，不如说找到了倾吐的对象。文徵明住进拙政园，把他心目中的诗意生活融入笔端，画出三十一幅美图。就像一个高超的环境设计师，他把闲逸文人的心思琢磨透了，得到王献臣的大力赞赏，一起为创造一个梦想中的巨型"江南盆景"共同努力。从"志清处""意远台""待霜亭""听松风处"这些清冷坚决的名字中，我们就可以看出建园者内心的凄冷。

冷与硬是刻意为之，是给围墙之外的旁观者看的，园内也许并不缺少莺歌燕舞、灯红酒香的场面。

刻意营造一种生活方式给别人看，是中国古代文人的拿手好戏。

拙政园主人刻意展示的清苦生活与人生理念，并没有维持很久。王献臣死后，他的儿子用一副骰子，在一夜之间把父亲苦心经营半生的园子，输给了一个别有用心的财主徐少泉。从此，这座江南最大的私家园林，换了一个又一个主人，有的心慕陶潜把它当作休养之地，有的把它当作把玩寻乐的安乐园。

因为住进去的人有着不寻常的人生历程，拙政园也有了更加丰富的传说。

园子里曾经住过两个美人。一个是徐灿，作为名门之后，她受过良好的教育，才锋遒丽，写了两百四十多首诗，出了一本叫《拙政园诗余》的作品集，后人曾把她与李清照、朱淑真相提并论，应该是重量级诗人了。只是衣食无忧的徐灿并不以写诗为生，不想以此换取功名，只不过把它当作业余爱好而已。另一个美人叫柳如是，她是明末清初的奇女子，嫁给了钱牧斋，命运跌宕起伏，演绎了一段壮烈的传说。

懦弱的钱牧斋在拙政园构曲房，以娱柳如是。也许，时为文坛领袖的钱牧斋并没有想到，身边躺卧的是一个性情刚烈的女子，在两人无形的博弈中，他最终成了失败者。

清苦的拙政园注定容不得穷奢极欲的生活和权欲的熏烤。平西王吴三桂的女婿王永宁先穷后奢，因权而盛，因权而亡，被抄家灭族，拙政园内的奇木怪石被胜利者以正义的理由洗劫一空。

拙政园的最后几任主人，差不多都是当时声名显赫的人物，比如李鸿章，比如张之万。

最后岁月，拙政园越来越偏离当初的轨道，像一只行走在草原上的羔羊，它迷失了。

心同草木，才能与草木产生较深的感情，也才能视草木竹石如友人，在小桥流水、九曲回廊里体味天人合一的道理。拙政园像一面镜子，是寂寞者的自我精神镜像，是灵魂的归宿，它不应该热闹。

寿春往事

一

知道寿县是在 1991 年夏天。

淮河特大洪水把寿县县城围成了汪洋中的孤岛。古老的城墙抵挡了洪水，救了城中百姓的性命和财产。电视新闻里，除了守堤的民工，城内的百姓，工人上班，学生上学，面无惧色。

一个月后，洪水退去，除去城外道路上的淤泥，一切又井然有序。自此，城墙成了寿县的地标性建筑。

如果没有 1991 年的大水，寿县城墙会不会在疯狂的城市扩建浪潮中被夷为平地，是个未知数。至少在五六十年前，中国绝大多数的老城市，都是有明清老街、护城河和城墙的。在封建王朝，城墙是一个城市最基础的设施。

现在的城市已经没那么多讲究了，中国绝大多数的城市，在大发展和大建设的口号中野蛮生长，变得毫无章法。

所以，从某种意义上说，寿县的古城墙是幸运的。至少，它还在。

二

两千五百多年前的寿县，是中国经济和政治重心，一群有称霸中原的野心的国君，都想把它纳入自己的版图。

对寿县发展有巨大贡献的人，一个是主持修建芍陂的孙叔敖，一个是在此大力推行屯田政策的曹操。曹操是一个非常注重"军垦"的政治家，拥有合肥到寿县之间的良田后，曹魏政权把在此收获的大量粮食运往北方，支援前线，奠定了与孙、刘抗衡的基础。

作为重要的水利设施，即使在今天，曾经为芍陂一部分的安丰塘，仍然能灌溉几十万亩良田。

大航海之后，在世界范围，大海边缘的城市成为热点。对中国来说，这种现象晚了好几百年。

一个城市的地理位置和交通状况，往往决定它在一个时代或者地区的重要性。淮河上的航运让位于陆路运输，接着又错失铁路，所以寿县在明清之后基本上退出了政治舞台，而一路之隔的淮南，与淮北并称中国两大煤田，声名鹊起。

三

新近寿县又成为舆论热点。一是区划调整，寿县脱离六安，划归淮南；一是在热播的电视剧《芈月传》里，数次提到在寿县工作过的黄歇和他的爱情。

寿县划归淮南，乡村变城市，有点像努力的村姑傍上了大款，如果稍懂历史，就知道这事儿弄得有点差辈分。

历史上的淮南国、淮南郡，国都或郡治大都在寿县。淮南王刘安的淮南国，根本就不是指今天的淮南市，而是指以寿县与凤台为主的淮南广大地区。刘安不住在今天的田家庵，他住在寿县。

今天的淮南市区，在新中国成立前是布满工人村的小乡镇。六十多年前，国家大建设，需要矿产资源，就从凤台、怀远和寿县周边几个县各划一些地盘，建了一个县级淮南市。

造化弄人，风云流转，煤渐渐被挖光，资源型城市开始转型，需要土地和人力资源，所以又把寿县划进来，添砖加瓦。所以，今天寿县重归淮南，相当于出门到姨妈家度假多年的姥姥，又回老闺女家里了。本来就是一家人，这谁吃亏谁占便宜，还真是个未知数。

就眼下的情况来说，两地对八公山旅游资源与豆腐发明地的争抢，可以画上圆满的句号了。某位老先生曾经说过，天下大事，分久必合，合久必分。分与合，有时看脸色，有时看利益。

四

再来说说春申君黄歇。黄歇和芈月有没有爱情？答案是否定的。

历史上两人年纪悬殊，黄先生还是个少年或青年时，芈月已经是老太婆了。结论是，两人有可能见过面，产生过些许友情，但有爱情的可能性不大。

作为著名的"战国四公子"之一的黄歇，史称春申君。作为一个政治家，他的一生，可圈可点之处很多，只是最后一件事情办得不妥，也因此丢了性命。

具体来说，就是楚考烈王即位后，久久没有皇子出生，来自赵国的李园觉得这是一个长线投资的好机会。他先投靠到好客的春申君门下，取得信任，然后有一天他请假回家，故意晚归，向春申君解释，齐王派使臣去他家，想娶他的妹妹，他与使臣饮酒，所以回得晚。

春申君得知还没送聘礼，问："那你能不能把她领过来，让我先看看？"结果，李园的妹妹让春申君眼前一亮，灵魂出窍，他就把李园的妹妹当礼物收下了。又过些日子，李园对春申君说："你看，如果你把我妹妹再献给楚王怎么样？万一我妹妹生出了男孩，你不就是未来楚王的父亲了吗？这楚国就是你的了啊。"

春申君一拍大腿，觉得这主意不错，就采纳了李园的建议，把已宠幸过而且有了身孕的李美女献给了楚考烈王。考烈王封她为王后。李王后生下儿子后，李园的心病却加重了，世上没有不透风的墙，他深恐如果有一天春申君酒后失言，他的小命就没了。于是，他便暗中收买心腹杀手，要找个机会把春申君灭口。

本来是合伙的"生意"，现在李园想要独吞胜利的果实。

春申君的门下朱英是个明白人，他建议春申君早点下令杀掉李园。但是春申君不听，说："李园那个货，让他杀我，他敢吗？"朱英一气之下走了。结果正如朱英所料，李园还真在考烈王去世后没几天，设计将春申君诱入宫中，砍了他的头。

历史总是惊人地相似，几乎在同时期还有一个叫吕不韦的人，也几乎用了相同的手段，让怀着自己骨血的赵姓美女，成了中国第一位皇帝的母亲。当然，投机者的下场也惊人地相似，吕不韦也死得很惨。这段由司马迁先生写在《史记》里的故事，后来演化出一个词语：奇货可居。货，是指自己的投资对象。

为了达到目的，人往往会不择手段，献上心爱的女人和财物，一些古代人也是很无耻的。

五

再来说说发生在寿县的战争。

有确切记载的战争，有十次以上，名气最大的要数淝水之战。这是中国历史上以少胜多的经典案例之一。

公元 383 年，即位不久的前秦皇帝苻坚觉得胸口胀得厉害，他着急挥师南下。虽然王猛等老臣劝说，但他还是孤注一掷，和他的兄弟阳平公苻融一起，率百万大军，浩浩荡荡地开到了淮河岸边，寿县城下。此时，这个城叫寿阳。

对于前秦来说，攻下寿阳，就多了一个南下的堡垒。但是，对于东晋来说，丢掉寿阳，就等于亡国了。

晋武帝把救国于危难之中的希望，寄托在东晋最有势力的家族——谢安家族身上，皇帝让谢安全权负责退敌。于是，谢安的弟弟谢石被任命为征虏将军、征讨大都督，侄子谢玄担任前锋都督，儿子谢琰任前锋将领。晋军八万人马集结完毕，开赴前线，对面是号称百万雄兵的前秦大军。

苻坚很骄傲，一听说对手只来了八万人，嘴都笑歪了，说："我这百万军队，把打马的鞭子扔进江里，都能让江水断流。"

面对十倍于己的强敌，东晋朝廷上下一片惊慌。只有谢安十分淡定，该下棋下棋，该游玩游玩，该吃吃该睡睡，有空还听听小曲儿。

数次试探和小摩擦之后，双方迎来决战时刻，列阵于淝水两岸。

晋兵虽然少，但阵容严整，苻坚和苻融登高远望，又望见八公山上的草木，以为都是埋伏在那里的晋兵。这俩家伙有些后悔没听老臣王猛的话了，但是，后悔也得打啊。

两军都紧靠河岸。谢玄派使者对苻融说："打仗就来个痛快的，你把你们的部队往后退一退，让我们过了河，大丈夫决一死战，如何？"

虽然众将领强烈反对后退，但骄傲的苻坚说："让他们过来，杀得更痛快。"苻融也认为应该这样，于是指挥秦兵往后退。

谁知道，秦兵一后退，就如被开了泄洪闸的洪水，根本就停不下来了。后面的秦兵不知道怎么回事，以为打败了，扔下武器，撒丫子就跑。东晋士兵借势杀过淝水。

苻融骑马前后奔跑，想阻挡退却的士兵，却因为马失前蹄，倒地后被晋兵杀死，秦军大败。

苻坚被流矢射中，单骑一口气逃到淮北。老乡们见他可怜，给他盛了一碗热饭，他端着碗悲伤地流下了眼泪：日子还怎么过啊？

晋军大获全胜的消息传到建康，手捧战报的谢安虽然激动得心都要跳出来了，但仍装作若无其事的样子，收起战报，面无表情地继续下棋。陪他下棋的人问："打得怎么样啊？"

谢安仍面无表情地回答："孩儿们已经如愿把秦兵打败了。"陪客一听，兴奋啊，告辞下楼，到街上宣布重大消息去了。

谢安回到内室，实在太难以抑制内心的激动，过门槛时，一不小心，木制的鞋跟都给绊断了。从装酷的角度来看，这东晋第一"淡定哥"谢安，绝对是个好演员，可以得满分。

寿县和八公山，也因为这一场战争，多了五六条成语。所以，八公山也成了安徽著名的"成语山"。

潮起潮落正阳关

夕阳沉入水中，天空的颜色慢慢由绛紫变成深蓝，小镇正阳关沉入暮色。而泊在淮河里的船，次第亮起了灯。灯光映在水面，微风走过，灯火在水面散开，层层叠叠。

而在几百年前的傍晚，泊岸的商船在河湾里弯弯曲曲排成长龙，灯火绵延可达数里。镇上的老人说，中华人民共和国成立前，淮河里船民做饭升起的炊烟还可以绵延数里。

历史的发展，往往在看似最热闹的时候走向低潮。而导演这一切的就是时光，是机器，是看不见的商业浪潮。

淮河自上游到下游，上游的长台关，中游的正阳关，下游的云梯关，在历史上都是淮河上重要的关隘，地位相当于今天的海关或者重要贸易港口。

正阳关是一座历史悠久的古镇，早在东周中期已具雏形。明嘉靖二十九年（1550年）《寿州志》载，"东正阳镇，州南六十里，古名羊市。汉昭烈筑城屯兵于此"。明成化元年（1465年）在此设立收钞大关，直属户部管理。"正阳关"即因此得名。

农耕时代，货物的运输主要靠船。土地平阔、河网密布的中原地带能成为中华文化积存最多的沃土，和交通的便利有很大的关系。虽然地处长江以南，地理意义上的江南水系很发达，但是，很多河流地处崇山峻岭与峡谷之间，河段曲折，水流湍急，并不利于小型木船行驶与水上货物运输。而平原的河流视野开阔，水流平缓，利于行船。

隋唐之后，江南多富豪。在南方的崇山峻岭间，来自草原部落的骑兵不可能纵横驰骋，面对密不透风的森林和陡峭的山峦，他们只能望而却步。南北政权，往往会划淮河而治。

山与水，成了阻隔敌人的最好的屏障。

平原沃野千里、一马平川，适于大规模作战，所以，中国的古代战争，有一半发生在淮河流域。

经过频繁的战争、水灾与朝代更替，黄淮平原像一座被风吹日晒虫噬的大厦，风雨飘摇。"仓廪实而知礼节"，民生凋敝缺衣少食的年代，人就容易变得粗暴无礼，人穷难免气短，有时会失了尊严。

和众多位于淮河两岸的重要港口一样，正阳关地处淮河、颍河、淠河三水交汇处，是淮河中游的重要水运枢纽，古有"七十二水通正阳"之说，地理位置十分优越，市场繁荣，是淮河中游的重要货物集散地，为皖西著名的商贸重镇。这里船帆如云，桅杆如林。

走在被镇里居民称作老街的南北大街上，两边是一排排建于五六十年前的老房子，没有想象中的飞檐斗角、白墙黑瓦，没有青石板路，也没有很老的古树，但是，你能从每幢老房子的瓦片与砖石上看出它已经存在了几十年，甚至上百年。老街上住的大都是老人。老人们守着略显阴暗低矮的老屋，过着仿佛时光停滞的生活。

新开辟的商业街离这里比较远，那里住的都是年轻人，而且那里是齐刷刷的两排新楼房。和千万个新富裕起来的小镇一样，这里出售塑料包装的饮料和食品。

一幢旧楼的外墙上，用水泥雕塑成的标语，刷着红色的漆，虽然已经斑驳，但仍然可以看出那熟悉的笔迹：一定要把淮河修好。这幢楼曾经是淮河委员会的一个办公地点，每年梅雨季节，在正阳关行蓄洪区分洪的日子，都会有一队队的人住进来。

再走没有多远，有一个航运管理站。据说，航运管理站的级别很高，成立于1950年。

老街上还有一群专门以打铁为生的人。几十家铁铺一字排开，叮叮当当，火光四射。几乎每个手脚粗壮的铁匠都有相同的经历，他们都曾经是镇上最红火的铸铁厂的工人，每个人只负责一个工种，有模具工、翻砂工、刨铣工。铸铁厂红了十几年，他们也跟着过了十几年被人羡慕的生活。镇上的很多铸铁厂，都是为淮河上的货船生产各类配件的。

很大的船，要到淮河的下游或者长江边上生产，船厂生意每况愈下，铸铁厂的境况也好不到哪里去，很多铸铁厂的工人就在临街的老房子里开起了家庭作坊。几十家铁匠铺组合起来，俨然是一个完整的产业链，从铸铁开始，一直到产品成型，可以不出街就完成了。左邻的产品搬进右舍，就算完成了货物进出。

　　这些铁匠铺子所生产的铁器仍然是船上的用品，比如船用柴油机的滤清器、捞沙船用的叶片。当然，也有菜刀、锤子和剪刀之类的日常用品。一家姓张的兄弟，在他们的菜刀上刻下"正阳关菜刀第一家张"的字样，并说，他们的菜刀和剪刀不比王麻子的差。为了证明一下，他们当场砍了一块木头。菜刀真的很重，刀背的厚度是超市里菜刀的两倍多，物美价廉。

　　老街上有一家很老的理发店，理发店从开业到现在已经六十年了。理发店的主人兼理发师是个79岁的老人，一头白发理得整整齐齐，而且还是大背头。他让我想到电影《剃头匠》里的敬大爷。

　　老人说他从19岁那年开始理发，一直干到今天。一辈子只干一个行当，这在今天看来，简直是个传奇。我想在这个简陋甚至有些脏乱的理发店里寻找一些历史的痕迹，发现那张旋转的理发椅上面竟然铸着一行字：上海江南制造总局制。

　　老人说，现在镇子上的新潮理发店越开越多了，还加上美容和发型设计。年轻人都去城里理发、烫发、染发，像他这样只会剃平头和刮刮胡子的理发师，已经没有什么市场了。理发店里坐了两三个和他年龄相仿的老头，这些老人，都是老理发师最忠诚的顾客。

　　在老街遇到一个曾参加抗美援朝的老军人。他有一只耳朵听力太差，要趴在他耳旁大声地喊。他说，他的耳朵在朝鲜被炮震坏了。退伍之后，老人还当过几十年的干部，算是个不大不小的官。老人坐在太阳下面，穿着一件20世纪80年代非常流行的有四个大口袋的蓝色中山装，胸口别着一枚抗美援朝纪念章。

　　顺着老街一直向南走，就到了一座古城门。城门的一边写着

"凤城首镇"，另一边是"淮南古镇"。凤城，是指凤台还是凤阳？而淮南，也许是指淮河之南，而不是现在的淮南市。一百年前的传说和遗迹，在这个镇子上仍然俯仰皆是。而更可以让人相信的是，作为淮河要塞，这个千年古镇曾经有过周围县府不可比拟的繁华。镇上有很多人家的亲戚或子女在上海工作，据说除了当地土话，上海话在镇上曾经非常流行，能解释这个现象的唯一说法是：这个镇上的居民，一代代顺水而下，在长江两岸落地生根。

新街的一张海报有力地证明了这个镇子在外打工的人很多。有一趟从正阳关直发上海的大巴，还有一趟发往广东。作为曾经的水上交通枢纽，正阳关的交通正在由水路向陆路转移，而且那曾经桅杆成林的河面已经安静许多，几乎每隔几十分钟才能看到一艘响着马达的运沙船。而打鱼的船早已经没有了，因为河水污染，打鱼已经成为很奢侈的一件事。

告别老街，站在高高的河堤上，淮河平静极了。对面就是蓄洪区，更远的地方，一个大坝正在修建。据说，那是一个很庞大的工程。

河堤外侧下面，是一大片茂密的树林，树林里有一间用柴草搭建的简陋房子，一个头发花白的老太婆在树荫里喂小鸡。门前的一头黄牛，也许是老人最贵的财产了。老人一边喂鸡，一边打量着陌生的我们，目光平静，对着我们的镜头看，却一句话不说。我们拍完照片，对老人说了声谢谢。老人笑笑说："你们是城里来的吧，来这里看淮河吗？现在不像以前那么热闹了，河里的船越来越少了。"

55

　　河堤的内侧是碧绿如毯的青草，夏天到了，草都长得很放肆，茂密又厚实，让我想起欧洲草原大河两岸的风光。

　　繁华热闹之后，必然是落寞。一条河如此，一个镇子也是如此。

一片湖里读山水

城市里两点一线的生活过久了，常常有一种突出重围的欲望。你要到哪里去？望着窗外来来往往的车辆，我问自己。

提一把斧子，带一条老狗，向着赤道的方向走，找一片寂寞的湖，一片深深的森林，劈柴、筑屋、种菜、养花，每天吹着口哨，在森林里游荡采蘑菇，在湖边钓鱼，就这样伴着每天的日落日出，岁岁年年，直到老去。

这样的白日梦，只需要十分钟便能让我陶醉。这是《瓦尔登湖》里的场景。1845 年，美国诗人梭罗，在一个鲜花灿烂的春天，在老家康科德城附近的瓦尔登湖边建起一座木屋，过起自耕自食的生活。此后的两年多时间里，他在这里耕种、散步、观察、倾听、梦想、沉思，记录下了他所经历和体验的一切。

这位美国诗人的"隐士生活"唤醒一代人的思考：我们到底想要什么样的生活？瓦尔登湖并不是"世外桃源"，梭罗也不是一个人幽居山林之中，他只不过是离开城市，到老家过起了农耕生活。这样的生活，在中国上下五千年的历史缝隙里随处可见。只不过，很多时候，中国的那些隐者，是权力角斗场上的失意者，或者是某一个争权夺利事件的牺牲品，隐了身，却没有隐了心，在把一腔愤懑交付给夕阳和花草的同时，却忍不住在文字里自怨自艾一番。

真正的隐者是那些修行的人，在荒无人烟的地方，筑一间遮风挡雨的陋舍，数十年如一日，靠着最简单的食物生存下来，每天打坐冥想。这种苦修，是把肉体与思想架到时光的烧烤架上进行精神锻造，只等有一天把肉体埋进泥土。很多苦修的人，在终老之前没有在这个世界上留下半纸文字，等一场风雨吹走他的小屋与尸骨后，这个世界上就再也找不到他来过的痕迹。生命的存在，是万能的自然的馈赠，要懂得珍惜，要用来创造。无为是一种境界，其实又何尝不是对生命的轻视？

梭罗暂停了一种生活方式，换了一种新的方式，他从生活的中央走到人群之外，作为一个旁观者，他并不孤独，因为他在离人群不远的地方。他最后给这个世界的交代，是他几十年来的所思所想。人走了，精神仍在。

和梭罗不一样的是，我们在人生得意、鲜花烂漫的时候，绝不会想到去隐居，想的是怎样锦上添花。

几千年来，清雅的水墨山水一直是文人士子的最爱。在一张纸上，用简单的笔墨描绘出人间胜境，并假想那个盘腿于花草与树丛之间的人就是自己。从《采薇图》到《韩熙载夜宴图》，从藏身避祸的士子到命运多舛的皇帝，在中国人的骨子里，山水都是用餐与谈笑的最佳背景。

作为中国传统文化的一部分，写意的山水，渐渐由艺术上升为一种与世无争、宁静致远的生活。只是，一张纸上的山水，能给那些被功名填满的胸腔增加多少鸟语花香呢？在城市的中央，很多装修豪华的书房里挂着"宁静致远""难得糊涂"这两幅字，不知道这种精美的装饰品几时才能让主人真的静下来。

和水墨画留白相通的，是道家做人的境界：清静无为。很多山水画里都有这几样东西：孤舟、流水、小桥、松或兰草，或者斗角飞檐的亭台楼阁。这些写实的景物代表着清淡孤苦的意象。清苦，在中国传统文化里，一直是君子的象征。士人以"岁寒三友"松、竹、梅，比喻自己的不与人合污的情操和高洁的精神。

如果一个人信仰淡薄，在一间装修豪华的房间里，即使挂满山水图画，填满松、竹、梅，能看到真正的清静和隐居精神吗？

天生山水，一石一木、一花一草，无不是宇宙亿万年来的造化。走遍大河上下南国北疆，处处皆景点。所谓景区，只不过是一处处设计合理、打造精美的散步场所罢了。

人为的景观，大工业化的钢筋水泥铸就的亭台楼阁，虽然精致，却并不生动。急功近利的开发，让很多风景区惊人地雷同，让人看过一处，不再想去第二处。

旅游大潮之下，出门旅游变成去"看"景区，游的兴致则全然没有。全国大大小小的风景区，无不人来人往、熙熙攘攘，朝如街道，暮如夜市。山山水水、草草木木无不被人的身影遮蔽。山水，却成了游人用来照相的背景和陪衬。

人，只能是自然的拜访者，而不应成为一片山水的主宰，这是面对自然，人应该具有的修养。每次看到登山队以"征服"的字眼自我夸耀，以胜利者的姿态拍下照片，我总是禁不住地想，人只不过是战胜了自己，哪里能战胜自然呢？雪山之上的一阵风、一阵雨、一场雪，都可能把登山者毁灭掉，这实在是太容易的事，用"征服"这样的字眼，实在是不自量力。

　　人定胜天，如果不建立在科学之上，很容易演变成无知的闹剧，"胜天"不如改成"顺天"。当然，这里的"天"，是我们应该永远尊敬和爱惜的大自然。

被保护的运河与被淹没的城

一

1680 年的夏天，淮河上游山区的阴雨天特别多，最终，雨水汇集成浩浩荡荡的洪水，直奔下游的泗州城而去。

挡在洪水和泗州城之间的是十余米高的高家堰。大家认为坚不可摧的高家堰，最终还是被洪水漫堤了。高于堤坝半米多的洪流，像脱缰的烈马，越堤而下，冲垮了环绕泗州城一周的城墙和几个城门，须臾间，这座淮河流域最著名的古城就变成了一片泽国。

匆忙之中，百姓或爬上房顶，或登上小船，抛别家园，携妻带子，奔向离泗州城一箭之地的盱眙。盱眙城内，人满为患。

在一片汪洋之中，泗州城城墙四角的门楼还矗立在洪水之中，这是全城仅剩的一栋建筑了。清朝治水河书《淮河全图》里，很形象地画着在洪水中露出半截的泗州城墙。

让人感到不可思议的是，泗州城的地方官员在被大水围困的城

61

门楼上继续办公，竟然坚持了十一年，直到 1691 年，他们才划着小船恋恋不舍地离开这座古老的门楼。

1696 年，泗州城彻底被洪水带来的泥沙淹没，繁华的泗州城从此成了洪泽湖湖底的一部分。

泗州城被淹，州治被迫移到盱眙，租借民房办公。1777 年，清政府把泗州边上的虹县合并到泗州，把虹县县城作为泗州新州城。但是，后来的新州城虹县也被洪水吞没，沉于湖底。

始建于北周的老泗州城，地处淮河下游，为中原之襟喉、南北之要冲，政治、经济、军事地位十分重要。宋代，泗州城十分繁华，文人墨客纷纷慕名前来，留下了许多著名的诗篇。明代，城中船舶如流，商贾蚁集，更为繁盛。

二

明代泗州城鼎盛，除经济原因外，还有一个重大的政治背景，即埋葬着朱元璋父母及兄嫂的明祖陵建在泗州城的北侧，每年的各类祭祀活动，使泗州城成为朱明王朝的"行宫"，达到了空前的繁荣。

同样，在 1680 年的大水之后，明祖陵也沉入了水底。

今天，洪泽湖周边还有不少称泗的地名，比如江苏的泗洪、安徽的泗县。还有一种特别的地方戏，叫泗州戏。戏还在，城已经没了。

"成功"把明祖陵和泗州城沉入水底的，是明清两朝的治水政策。

康熙十九年（1680 年），正值清朝盛世，但是，黄河夺淮引发的频繁水祸，和黄河泥沙给帝国漕运带来的麻烦，让负责治水的长官相当头疼。

怎么保住漕运，成为清朝河臣靳辅治水时面临的首要任务。至于淮河中下游是否会因为保运而被洪水淤堵成泽国，倒不是他和清帝国的皇帝康熙最关心的问题。皇帝关心的是，怎么把粮食运往京城。

在明清两朝长达数百年的时间，整个大淮北流域和苏北地区都是被牺牲的局部。越穷的地方会越穷，越富的地方会越富。

三

淮北，就像是发炎的阑尾，很长一段时间处在随时被割除的境地。

唐末的安史之乱引发连年混战，曾经富饶的西北及中原地区开始变得萧条。为了躲避战乱，一些流民南跨长江，到江南垦荒种植。

大面积烧山垦荒，再加上水车等先进灌溉工具的使用，使南方的人口渐渐超越北方，财富后来居上。同样，因为人口的快速增长，中原和西北地区的山地早已变成农田，水土流失，快速沙化。贫穷的种子，在不知不觉中被埋下。

及至北宋，南方的稻米、木材、丝绸、茶叶，开始通过运河往开封运送。同时通过运河运送的，还有徽宗皇帝喜欢的奇石。奇石十船为一纲，名为花石纲，在京城皇家花园垒石成山，命名为艮岳。皇帝为了运送石头，专门设立一个部门，也真的很奇葩。

奢靡的生活加速了政权的灭亡。北宋变成了南宋，淮河以北地区成了金人的地盘。勤劳的百姓开始在南方奋发图强。江南好山好水，经济在快速发展，城乡在迅速致富，商业发达，市井生活非常丰富，虽然仅居半壁江山，却用7亿多亩耕地养活了1亿人口。

元朝为了把南方的粮与丝绸运往京城大都，对淤塞多年的运河进行整修或重新开挖，花了十年的时间，开挖了洛州河和会通河，让运河不再绕道洛阳。

不再绕道洛阳，只能说明一个问题：元朝时代的洛阳已经没落，不再是政治和经济的重心了。

四

明朝，黄河犯淮继续加重。为了恢复农业生产，加快南粮北运，这个朝代也出现了一个著名的治水名臣——潘季驯。

由潘季驯主持的黄淮治水工程竣工于1579年，整个工程筑土堤620多里，砌石堤18余里，栽护堤柳80多万棵。他的治水方针是"蓄清刷黄"和"济黄保运"。保运，当然是保护运河的通航能力。

有必要说一下此时黄河、淮河和运河的关系。黄河夺淮后，黄河、淮河与运河交汇在今天的淮安市附近的清口，因黄河水强于淮河，且携泥沙量大，要用淮河的水冲刷黄河水淤积的泥沙，就要人为抬高淮河水位，束水攻沙。此处的运河航道又要借用黄河水，所以，为了保持运河的通航，就要蓄积清水。这就是潘季驯的治河方略。

但是，人为修高堤坝，蓄水越高，对坝下的百姓来说，就等于顶着洪水过日子。事实上，三年两决堤的洪水，常常让湖边的百姓颗粒无收，成为难民。修筑高家堰不但没有解决水患，反而增加了灾难。

潘季驯的治河方略遭到泗县进士常三省的强烈反对，他要求潘季驯决高家堰，导水入海。

两人展开争论，最后闹到了朝廷。一心为百姓着想而没有考虑朝廷保运需求的常三省被革职问罪，黜为民。而在常三省被革职十五年后，继潘季驯之后，受命治河的杨一葵采用的治河策略，与常三省的建议不谋而合。

为了保证帝国运河的畅通，洪泽湖周边百姓的生活和性命被皇帝忽略了。为了保护漕运，整个淮河中游地区成为滞洪区，洪泽湖以西的凤阳、泗州及颍州一带，常常淹没在洪水之中。

明朝万历二十一年（1593 年），淮水大涨，冲决了洪泽湖、高良涧等的 22 处堤坝，高邮湖南北运河的 28 处堤坝，湖水淹没良田，被淹死的百姓不计其数。第二年，雨季来临时，虽然堵住了堤坝上的危险缺口，但是日益高涨的湖水淹没了明祖陵。祖陵被淹事关国体，明神宗朱翊钧大怒，以河工治水浪费过多和总督河漕的官员有意拖延为借口，把总河舒应龙革职为民，其他官员降职流放。

连已经病退在家的潘季驯也没有被放过，被审查问罪。洪水淹死百姓的时候皇帝没怒，淹了祖坟他怒了。

位于洪泽湖边的明祖陵，在几十年前才从湖底露出水面，因为近代以来，洪泽湖的湖面被围垦造田，缩小很多。

作为中国五大淡水湖之一的洪泽湖，其实是黄河长期夺淮和明清两代治水围堤而成的人工湖。它的最大面积曾经达到 3600 平方千米，蓄水接近 100 亿立方米。把洪泽湖围成大湖的正是高家堰。大湖既成，水位升高，淹没了良田，也淹没了千年古城泗州城。

五

洪泽湖的名字来自另一个与大运河有关的皇帝——隋炀帝。

当年，或者是为了实现统一大业的梦想，或者是为了满足自己随心所欲的旅游爱好，年轻的隋炀帝异想天开地挖出了影响中国历史进程的隋运河。

自洛阳到扬州旅游的隋炀帝和他的船队路过洪泽湖的时候，那里还只是四个小湖泊，各湖虽然相通，但规模很小。曹魏时期，今天的洪泽湖湖底还有 49 所屯田机构，以及数万顷良田。

当隋炀帝路过此地的时候，突然降下滂沱大雨，而此前，这里已大旱数月。高兴之余，隋炀帝把几个小湖之一的破釜塘改名为"洪泽浦"，大约是洪福泽被的意思，洪泽湖也由此得名。

我是一株长在城里的庄稼

城市长得太快了。

十年前，站在这个城市的西边，可以望见城中心最高的楼。从三孝口出发，步行半个多小时，就能走进郊区的菜田。如果是春天，黄的油菜花，粉的桃花，白的荠菜花，满眼皆是。菜农的田地，一年四季都不会闲着，收收种种，总是绿油油的一片。

高高的脚手架从城市一环开始向外疯长，和它们相比，城市里的高大树木就逊色许多。空气里的花香，渐渐被狂奔而过的拉沙车和水泥搅拌车卷起的灰尘淹没。

几年的时间，在城市的任何一个角度都能看到脚手架和塔吊，在任何一个街道都能看到房地产企业的大幅广告牌。造城运动开始了，就像一场比赛，每一个城市都不想落后，没有人会服输。

不少楼群都起了很欧美化的名字。很多小区的花园造得实在太美，有铁艺街灯、水草丰美的池塘、暗红的临水甲板、露天游泳池、网球场，有的甚至还有高尔夫球练习场。太美了，太真实了，以至于让人恐慌。

　　我在一个叫花园的小区住四年了。四年，除了移栽的那几棵树有粗瓷碗口粗，其他的小树和灌木仍是当年的模样。到处都是水泥地，水泥地下还有车库，它们的根往哪里扎呢？每棵树的位置都是经过精心设计和规划的，它们都长在恰到好处的位置上。整个小区精致得和沙盘一模一样。人就像是风景里的装饰品。

　　和小区一路之隔的，是一个号称占地500亩的大楼盘，据说要开发五期。四年来，那个楼盘从一幢售楼处开始，慢慢把一片荒草地变成十几幢楼。现在，它们处在第三期开发中。中国的地产商用铺天盖地的广告，让政府和购房者相信他们成绩优秀，助人为乐，还个个壮志凌云。

　　那片荒地，原本是一块菜地。土地被推土机平整过后，除了残砖烂瓦，就是疯长的荒草。每天晚上散步时，路的一边是荒草，另一边是灯火通明的酒店和彻夜不熄的霓虹灯，这真的是非常奇怪的景象。

　　第二年开春，有人把荒草拔掉，种了蚕豆、葱、蒜、小白菜，还有油菜。几场春雨之后，油菜花怒放，夜晚来临的时候，走在路边，深深吸几口，空气中有油菜花的香。

　　站在我家的阳台上，可以看到那片有几亩地大的油菜田。油菜田的尽头，第三期楼群的脚手架已经搭好，估计明年这个时候，油菜田就会变成一片尘土飞扬、机器鸣叫的工地。在开发商的沙盘上，它是一个大型商场和公园。

　　几年来，每天都有人搬家放鞭炮，或者半夜轰隆隆打起电钻。习惯噪音，习惯灰尘，习惯万丈高楼平地起，习惯这个火红的年代。造城的记忆，会伴随我们很长一段时间，甚至是一两代人。

一天，在好友谢泽家聊天，坐在他家花园的草地上，品着香茶，喝着嘉士伯啤酒，聊着文艺复兴时期的启蒙运动。突然，一阵很浓重的大粪的气味飘进鼻孔。谢泽笑笑说，旁边菜地的农民伯伯又开始浇地了。抬眼望，一墙之隔，二十几米开外，是开发商拿下的一块闲置地皮。现在，它成了某个勤劳人家的菜地和庄稼地。

这块地比我家附近的那块大多了，得有近百亩，如果开垦出来，每年种两季，至少可以收上来十万斤粮食，相当于一个小农场了。这块地的上空，是纵横交错的高压线，再过去，是一条车来车往的四车道马路。

对于庄稼，我有一种天然的亲切感。北方农田里的很多庄稼品种，我都亲手播种或者收割过，从春天说起，比如小麦、油菜、豌豆、荞麦，到秋天，田里有玉米、高粱、大豆、芝麻、绿豆和棉花。每一种庄稼都曾经与我亲如兄弟。

只是，我还要为自己最终没有成为农民而庆幸，至少目前来说，在中国，做一个农民并不是一件容易的事情。

几千年来，跳出农门，脱离土地，一直是中国乡村少年的梦想。只有到都城考进士做官，才能算一件光宗耀祖的事情。

中国乡村是块肥沃的土地，几千年来，在这个农业人口占绝大多数的国家，乡村的私塾教育一直是文化传承的主要形式，影响中国政局的官员和大儒大都从田野走出来，走向都会。乡野和自然的熏陶，让他们骨子里有一种亲近田野的因子，所以山水田园是他们笔下着墨最多的内容。这种情绪就成了中国文化因子里最顽强的一部分，虽然老朽，却从没有远离。

近二十年来，中国快速城市化，城市化的程度是一个国家富强与否的标志。和封建王朝和欧美国家不同的是，中国住在乡村的人，是穷人而不是富人。他们没有能力延续中国文化的精华部分，也没有睁眼看世界的愿望和机会。

被迅速割裂的文化，就像城市中央那一块块被地产商拿下而闲置的地皮，种不了庄稼，只能长着荒草和瓦砾。

城市里的庄稼，在水泥地的包围之中，在楼群与脚手架之间，呼吸不到河流山川的气味，没有花鸟虫草的骚扰，只能抑郁而孤独地生长，不放肆，不阳光。

天柱山顶的风

早晨六点钟，我被山间凉凉的寒意冻醒了。

拉开窗帘，满眼是浓得化不开的雾，窗口几米外的雪松只剩下一个模糊的轮廓，那些纱一样的雾像在窗外等了很久，怕冷似的，在我拉开窗户玻璃的一瞬间，争抢着挤进房内。没有风，也没有我想象中的鸟鸣。除了隔壁房间电视的声音，耳朵边再也没有其他声响。

这是一家海拔800米左右的宾馆，在天柱山的半山腰上。宾馆的南面是一条视野极为开阔的峡谷，昨天上山的时候，天气晴好，可以看见山脚盘桓如带的梯田。现在，层层叠叠的雾罩住了一切，5米之外的山和树木都影影绰绰的，若有若无。突然，耳边传来一阵粗犷的歌声，虽然隔了雾，声音依然很清楚，大约就在离我们不远的某个山坡上。男人唱的是《小白杨》《敖包相会》《打靶归来》。会唱这些歌曲的男人，年龄应该在四十岁以上吧。歌声从雾里飘来的感觉，让我联想到许多。看不清歌者的形象，看不清他站在哪里。这一切都有着朦胧的意味。

71

　　我拾级而上，走过一片模糊的水池和一座小桥，开始向山上走去。山有多高不知道，有没有危险不知道。走了一千多级台阶的样子，雾更浓了，几乎看不到脚下的石阶。我心里有一丝恐惧，担心在被雾打湿的石阶上滑倒，所以走走停停，不敢走远。向上看，向下看，都没有坐标，所以只好待在一棵树下，等浓雾稍稍散些再走。

　　这是初秋时节，山间的草在经历一场霜之后，都变得没有了精神。草和人一样，也是很善于掩锋避害的，知道秋霜的厉害，便早早脱了夏的锐气，收藏花与叶，做好冬储的准备。知时节而变化，生命的繁衍生息，总是要符合时令的，违抗者必遭毁灭。千万年来，这个星球上一代新虫换旧豸，生物的进化论一直在起作用。除却人为的偏好，此物种与彼物种，真的没有多大的区别。

　　所以，我们不必为一岁一枯荣的植物伤神，也不必为一代代风华人物的离去而掉泪，更不必为一座山被世人冷落而感慨。

　　二十五年前，余秋雨经过天柱山，写下一篇《寂寞天柱山》，为这座山大鸣不平。以余先生的意思，这座蕴含了丰富的徽州文化、隐居文化和宗教文化的山，不应该是目前这个样子。这座山海拔千米以上的峰有 45 座，最高峰海拔 1480 多米。奇峰、飞瀑、怪石，并不输黄山多少，但是这座山一直热不起来。与名扬宇内的黄山相比，这里游人稀少，而且受关注的程度也低了不少，在省内名山的知名度上，甚至不如九华山。虽拥有华丽外表和名贵出身，天柱山却像一个王公贵族家的千金嫁入深宫，未获宠爱——名分在，但很不实惠。

天柱山的文化是以佛、道宗教文化和文人骚客的诗文为主的。公元前106年，汉武帝封天柱山为南岳，而早在春秋时期，此地为皖国封地。皖伯大夫施仁政，深受百姓爱戴，此地山为皖山，水皆皖水，安徽的简称"皖"正是来源于此。很多山虽然风景不佳，但仅以"文化"二字便可名扬天下，比如泰山和武当山。

中国文化是以山水与隐文化为基因的，老子的无为思想，在某种程度上造成了隐的盛行。在进取不成的情况下退而保身，不失为明智之举，在某种程度上也是和谐的另一种解释。其实，隐在另一种形式上也是卖点。卧龙岗虽然风景优美，但主人的心思并不是做一条睡眠中的龙。

所以，当李白、白居易、苏东坡、王安石、黄庭坚和朱熹等人，在不同时间和地点，发出要归隐天柱山的感慨，称天柱山为"家"的时候，后人大可不必太较真。你以为他们真的要留在天柱山？你翻开李白和苏东坡写过的诗，他们想隐居的山，得有几十座啊。这种感慨，几乎等同于现在的都市青年偶尔到乡下逛，说一句"要是留在这里长住有多好啊"，这只不过是被都市案牍劳形伤害后的一时的逃避心理，你以为可以当真？同样，在官场斗争的王安石与苏东坡，他们面对天柱山的奇峰怪石、青山绿水的时候，说一句"天柱是我家"，也是随口说说而已。李白在天柱山小住数月，不过是为了躲一躲政治风波。他并非一心一意想留在山里。想留，山里有那么多的寺庙道场，有几个人住不下？

人在风景里的时候，容易忘我；人生得意的时候，也容易忘记一些曾经的誓言。做官做到要风得风要雨得雨的时候，让当事人突然来个急刹车，隐居山水，简直是鬼扯。

天柱山地处江淮之间，历来是兵家必争之地。不像黄山，也不似九华山，天柱山之外没有层层叠叠的屏障。每次战争来临时，总是要烧毁很多的寺庙道场，人散虫聚，一代代，一次次，终致辉煌难存。这在某些方面，像整个江淮和中原的命运，中华文化发源与崛起之处，却历经兵火战乱，逐渐没落。自古天下名山僧占多，三祖寺、马祖庵坐落在天柱山边，也不是偶然的事情，必是香火传承的结果。只不过历史不是凡人所写，凡人只有随波逐流的份儿。伟人可以逆流而上，而凡人的资本，只有一条小命，能躲则躲矣。山顶有强风，没有很坚实的根基，必被吹落山崖，粉身碎骨。

天柱山没有迎客松，也没有像迎客松一样的人。除了几个亦官亦文的骚客、众多无名的寺院遗址与传说，没有其他的了。

天柱山纵有灵秀美景，但是，没有一种强烈的精神支撑，没有很特别的营销亮点，不名于天下，似乎也在情理之中了。

归，或隐

一

初夏，到了扬州。这个以运河著称的城市河道交错，当灯火次第亮起来时，哪里都能看到倒映着灯光的水面，城市显得多情而旖旎。

晚上的东关大街很热闹。《扬州画舫录》里说，画僧石涛在河的左岸度过了人生的最后时光。时过境迁，三百年后，原来依河而居的大涤草堂，其旧址成了鳞次栉比的高楼，河已失去本来的面目。这里原是扬州的郊区，站在岸边，能看到河上来来往往的货船。

石涛有一幅很著名的画，叫《淮扬洁秋图》，在土黄的色调下，秋天的衰草和芦苇生长在一条河的两岸，岸上是一行曲折蜿蜒的树，尽头水天相接。还有一条船在河里漂荡，船上是一个孤独的人，近处有几间房舍，其中一间里同样坐着一个人。如果为这幅图配曲，我会选择箫或古琴，慢慢的曲子，有些凄婉的意思。

75

　　我一直觉得，房舍里的那个人，就是石涛自己。

　　孤独是精神上的，源自内心；寂寞是身体上的，源自肉体。石涛没在房舍里画一群人，而只有一个人，这就是他的内心。熟悉石涛的人，应该知道他如惊弓之鸟的少年时期、青灯黄卷的青年时期，以及钟情诗画有些潦倒的中老年时期。自幼年起，石涛因皇室后代身份，面临家族世仇的追杀，几乎隐姓埋名过了一辈子，所以，石涛的一生都荒凉着，从来没有热闹过。

　　中年时，石涛曾在宣城生活过，去过黄山数次，搜尽奇峰打草稿，黄山的瑰丽风光在他的心里留下深深的印象。细看，淡墨般的黄山风光在石涛的笔端有不食人间烟火的意味。事实上，石涛的生活并非如此，为了生活，他不得不创作大量的商业画，甚至为了画的价格，也会和顾客争得面红耳赤。一次，嫌顾客价格给得低，石涛便在文章里怒气冲天地骂了对方一顿。文化人总是羞于谈钱的，但是他为了生活，只好多些市井气。

　　明末清初的扬州是淮左名都，集结于此的徽商在城市里过着花天酒地的生活，一处处用银子堆起的园林，比赛般做到了极致。有时候，石涛会成为某一达官贵人家的宾客，但是，他只能以诗画僧的身份跟权贵们往来，他并不能融入这个社会阶层。

　　晚年的石涛，渐渐脱离佛门，进入一种亦佛亦道的生活。他给自己取名大涤子，给住处取名大涤草堂，从佛门再入凡尘，过自己想要的生活。在自己的草堂里，石涛觉得自己是个隐者，在他的很多作品，包括自画像里，他把自己画成宽袍大袖、峨冠博带的古人。也许，他觉得自己生错了时代。

从繁华进入枯寂，需要一种淡定和毅力。著名的弘一法师就走了和石涛相反的路，一个才华横溢、名噪一时的人投身空门，肯定不是一时的冲动。也许，人只有在心灵安定的时候，才能忍受肉体与心灵的寂寞，那才是真的归隐。而这种归隐，即使身在闹市，也能心静如水，如一眼深井，眼里也只有头顶的日月星辰和脚下的花花草草了。弘一法师是归，回到他心里的家园，而石涛不是，他连隐都没有做到。

二

明末清初的扬州有着很强的商业氛围，资本主义的生产模式在海洋的另一边风起云涌，海潮袭来，激起古老大地的冲动。

蒸汽机的轰鸣唤醒了一个崭新的时代，转速加快的车轮把世界前行的速度提到了一个新的阶段。沉默的高山和寂寞的荒地，都一下子热闹起来，源源不断的煤和石油被从地下开采出来，成为工业生产的新动力。工厂、矿山、铁路、汽车和石油，在越来越快地改变着地球的表面。

工业化浪潮汹涌翻滚着向前，用于记录生活的电影技术产生了。导演们忙着用胶片记录下农庄田野，以及乘坐马车的贵妇。几百年前，夜晚徜徉在贵妇们窗下献花献唱的是痴情的骑士。当工业化到来的时候，那些成功的商人，开着汽车飞速驶入城堡，以华丽的衣服和金光闪闪的首饰掳走贵妇们的芳心。在香软的房间里，他们品着来自中国的茶，欣赏着泛着白光的青瓷。

当汽车和石油搭建的生活方式被美国人全盘接受时，曾经沉寂的北美大陆变得沸腾，开始极速奔跑，从制度建设到经济建设，创造着惊人的速度。这个集聚了众多国家的优秀人才的移民国家，在20世纪成为全球头号强国。这一切，皆因为它搭上了工业化的列车。

1845年7月4日，美国独立日，28岁的亨利·戴维·梭罗拎着斧子，独自来到距康科德2英里的瓦尔登湖畔，建了一座小木屋住了下来。这里离他生活的村庄并不远，但是，耳边少了村庄的喧闹和马达的声音。梭罗在小木屋里独自生活了两年，在湖边劳动、看书、写作。后来，他把这些生活经历整理出来，并编成两本著作，即《河上一周》和《瓦尔登湖》。

中国作家徐迟把梭罗的《瓦尔登湖》翻译成中文的时候，加了个形容词，写成"寂寞的瓦尔登湖"。中国的作家和读者把梭罗想象成了一个隐者，事实上，他只不过是住得离人群有几公里远而已。1847年，梭罗回到村庄，开始在父亲的工厂里打工。他有着偏执的性格和古怪的行为，朋友不多。他因拒绝向政府纳税而被捕，一个忠心耿耿的朋友替他补税，为他赎身。

如果我们知道梭罗的爱情故事，就明白他为何离群索居了。20多岁时，梭罗和他的哥哥约翰同时爱上了17岁的美丽少女艾伦。然而，后来两兄弟先后被艾伦拒绝，她嫁给了一个牧师。不久，约翰因病逝去，梭罗陷入失去爱人和亲人的双重痛苦之中。痛苦，让梭罗的性格和心情发生变化，一直到离世，他都没有再爱上任何人。

梭罗的隐，其实是躲到湖边疗伤。他用两年的时间，思考并平息内心的波澜，离群索居，然后回到原先的生活中去，继续他的沉默与隐忍。

三

秋天，夜晚，我住在庐山脚下的一家宾馆，门前潺潺的溪流，和着虫子和蛙的鸣叫，流向远方。被月光剪碎的树影，满天澄亮的星光，暗示秋的清凉。

旅游网站上说，这里离当年陶渊明隐居的地方不远，那一座隐隐约约的山，就是南山。这个说法也许具有一定的真实性，这里至今还居住着很多姓陶的居民，他们宣称自己就是陶渊明的后人。只是，几千年过去了，这些可能流淌着陶渊明血液的农民，又有多少异于常人的地方呢？

在中国文化里，隐一直是被美誉的，从不食周粟的伯夷、叔齐开始，那些不与当局合作的人，被称作有风骨和气节，宁折不弯。这样的人，在中国文化里，排着很长的队。其实，每一个隐居者又何尝没有一把把的辛酸泪？要么是被逼无奈，要么是躲避战乱与追杀，为了活命而亡命天涯。在安徽绩溪就有一支胡姓，传说是唐昭宗李晔的后人，当年为了躲避朱温的追杀，李晔把孩子送给歙州婺源胡姓人带到徽州抚养，孩子由李姓改为胡姓，取名昌翼。

同样，醉酒佯狂的竹林七贤也不是真的隐士，他们不过是面对黑暗的政府，采取了不合作的态度。借酒买醉，是为了麻痹自己的神经，酒醒后，更痛苦的却是心灵。隐，是为了躲避繁乱，更清晰地观察、思考。

躲在乡下，采菊东篱、荷锄南山的陶渊明，是一个官场潜规则下的失败者。他不适应官场，或者看不惯官场的黑暗，急流勇退，回到乡间，寻回自己内心的宁静，在田野清风和云卷云舒中，让自己丰满的理想慢慢被时光风干成几行诗句。

走在月光下，听着潺潺的水流声，我一直在想，回到乡下的陶渊明，是否寻回了内心的宁静？作为一个从官场上退职的人，他即使能像农人一样下田劳作，但是，他能说服自己听从命运的安排，对丑陋的社会现象视若无睹吗？几千年来，依附权贵，享受荣华富贵，是很多精英和文人所走的路，也就是所谓的售才华与帝王家。在文字的基因里，中国人读书就是"修身齐家治国平天下"，受这种文化熏陶的文人，为了获得机会，往往会丧失了尊严。在官阶森严、社会分层清晰的封建王朝，也许并没有多少人在意"尊严"这两个字。

不为权贵摧眉折腰，喜欢借酒浇愁，恃才狂放，让权贵脱靴，在皇帝面前撒娇的人，他叫李白。这个至今仍盘踞在中国古典诗歌高峰的作家，其实也是售才华与帝王家思想的受害者，他一生的理想并不在写诗，而是在怎么谋得一官半职报效国家。

然而帝王看重的不是他的理想，只是他的业余乐趣。没办法，李白踏歌山山水水，在大好河山间留下一首首千古名篇。而那些想象绮丽的豪迈的文字里，又有多少愤慨和哀怨？

四

十来年的时间，几个朋友先后在皖南乡村买了老房子。

第一个买房的是画家，他是为圆一个梦。自从 20 世纪 80 年代，画家朋友第一次去皖南写生后，他就心仪这片风光，一年四季，只要有空，他就想开车来这里转转。他收集了很多徽州三雕工艺品，把它们运回自己城市中的房子里，摆着，一看半天。

终于，朋友在皖南买了一处老房子，他说，现在在城市工作、生活，不可能去住，也没有钱去打理，只希望有一天，也许是退休之后，有可能在这里画画、逗鸟，或者每天就在院子里晒晒太阳。这只是他的理想，并不是归隐，只是换个地方生活。

家是中国人很看重的地方。一个人愿意在一个地方住下来，说明他在心里认同了这里的山水自然，以及其上所附着的文化。

皖南是很多人内心向往的地方，不仅仅是因为这里的建筑和建筑透露出的古典意味。这片在明清之际创造财富神话的地方，受到很深的文化影响，亦商亦儒的思想在今天依然随处可见。这里的山水清朗，民风古朴。因为工业不发达，这里的山水显得格外珍贵。

一对曾经在上海生活的诗人夫妻，在七八年前回到徽州，买了一处老房子，按照自己喜欢的风格装修成家庭客栈，没想到这房子竟成为中外文化演艺界人士争相前往的地方。有很多人，也不出门看风景，也不出门照相，几天的时光，就住在客栈里，坐在二楼的平台上，看看远处的云朵和山，听听音乐，看看书，然后微笑着和主人结账，离开。

这处老房子的主人叫郑小光和寒玉。本来这处房子里有一个猪圈，后来主人觉得过和猪一样的生活才是最幸福的，就给客栈取名猪栏酒吧乡村客栈了。

我们很多人的心里，何尝不想有这样的放松与流浪？在几天的时间里，暂时从紧张的都市生活中挣脱，做一个隐者，躲在青山绿水间的这所老房子里，静静，想想。

互联网让地球变成了村落，信号可以到达的地方，你伸手就可以触摸世界。信息让人类可以守住的秘密变得越来越少，而信息也让人变得喧哗与浮躁，在物欲和声名面前，还有多少人可以做到心静如水？

我们注定回不到从前，找不到过去，只能被电子化的潮流裹挟着，滚滚向前。偶尔，择几天，切断信息，放缓脚步，找一处僻静的房子，打开窗，透进清新的空气，在云朵飘过窗棂的时候，让慢下来的灵魂，跟上匆忙的肉体。

在南京泡吧

第一次泡吧是在南京。酒吧的名字是三个字母——OCC。

南京颇有名气的子午乐队在这个酒吧驻场演出。子午乐队,我在网上已经很熟悉,他们有个专门的版放在西祠胡同上,追捧者甚众。要做一个关于南京的文化专题,音乐这部分,我决定采访子午乐队。我在网上和鼓手阿文取得了联系,他说:"你晚上来吧,可以拍些图片。"

演出之前的酒吧很静,背景音乐很轻,一点也不影响聊天,感觉有点像茶楼。在南大读博的哥们儿及其女友无聊地嗑着瓜子,他说:"这种鬼地方……一点不 high(兴奋)。"南京另一条街上有南京城最著名的酒吧,叫乱世佳人。经常泡此吧的年轻男女们,在 QQ 上打招呼时常常问:"昨天你去'乱'了吗?"据说,有很多人开着宝马来,开着奔驰来,而且从很远的地方,甚至另一个城市来。

子午乐队的演出开始了,酒吧里的空气似乎是被火柴点燃的汽油,轰的一声就炸开了。节奏感极强的鼓声和贝斯的嘶鸣深入腑脏，耳膜有一些虚幻的感觉。吵，吵得要死。

很多人从位子上站起来，跟着节奏晃。我趴在离乐队很近的地方拍照。身后是三四位长得很俊的姑娘，据说她们是子午乐队的铁杆粉丝，差不多每天都来捧场。也许，她们中的某一位，是某个乐手的恋人。我想象在《列侬回忆》中的 The Beatles（甲壳虫乐队）的一张照片，那是他们很年轻的时候，每个成员的面前都有一个如花似玉的姑娘。

乐队的演出结束了。像一场风暴之后的大海，酒吧内又迅速风平浪静，仿佛刚才的电闪雷鸣没有发生。耳朵里仍在嗡嗡作响，是余音未尽的效果。

那一年，合肥还没有以酒吧命名的地方，只有几家茶楼、夜总会、迪厅和一些闪着耀眼霓虹的 KTV。我有一个很土的观念：这些地方是可以一掷千金的，而且或许还有一些少儿不宜的节目。

几个朋友约我去过一家叫老树的咖啡馆，在省教育学院旁边，咖啡馆里常常坐满了人。里面，据说是城市的白领和谈生意的有钱人。朋友说，泡吧是小资生活的开始，要从打拼生活过渡到享受生活了。我说我不信。

2004 年，合肥的酒吧和茶楼如雨后春笋般出现。2006 年，很多原来做茶楼的地方出现了酒吧，而且一家比一家规模大，一家比一家富丽堂皇。新酒吧出现的速度越来越快，好事者算出来，平均每十天新开一家。

这一年我也泡过不少酒吧，有时是去看球，有时是去听一些乐队的新歌。我很少为喝酒而去酒吧。对于我来说，酒吧的酒太贵了。很多慢摇吧并没有乐队演出，那里音乐很吵，面对面都听不清对方在讲什么，要扯着嗓子喊。朋友说，要聊天，最好去茶楼。酒吧的美女要比茶楼多得多，这是我最强烈的感受。酒吧的年轻人更多，很多人身着奇装异服。

我对慢摇吧一直抱有成见，因为那些吵死人的音乐，因为那贵得要命的洋酒，因为那些要欠起身子才能坐上去的高脚转椅。

一个"吧龄"数十年的朋友给我上了一课。他说，在国外，酒吧就是下班之后放松一下神经的地方，不是所有的酒吧都像我想象的那样。这个朋友在深圳、北京和上海工作过，泡吧无数。他端着杯子的样子，让我想起一些好莱坞烂片里的牛仔。我说："下次泡吧，你不要穿该死的西服。"

机器改变时代，电子化的生活让都市人有越来越强的积压感，累并快乐着。有些自以为是的心理医生说，都市人偶尔放松，发泄一下不良情绪，有助于缓解精神压力，可以使心理健康。

经济学家说，如果夜间消费增加一倍，城市的 GDP 就会增加一个百分点。市民要改变把钱捂在口袋里的习惯，要学会享受生活。发展都市夜生活，提高市民的夜生活素质，也是大力发展第三产业的一部分。

午夜里，不只有酒吧、茶楼、夜总会和迪厅，也有各种各样的影剧院和艺术演出场所，有各种各样的夜宵。湖南长沙是一个极具娱乐天分的城市，不但有标新立异的湖南卫视、各类娱乐颁奖典礼，还有遍布全市的演艺广场。这是一个夜夜充满欢乐笑声的城市，因此，这个城市充满了艺术气质。文化艺术也是可以拿来换钱的，整个城市的文化产业，一年竟然有三百多亿元的利润。

十年前，合肥还是被外地人称作没有夜生活的地方，晚上 9 点以后街上就行人稀少了。后来有了龙虾一条街，成百上千的人围坐在露天的街边吃龙虾的场面，可谓盛况空前。只是，吃喝总不能算是文化生活。

马鞍山路和芜湖路上的酒吧、茶楼越来越多，而且已经形成规模浩大的泡吧一族。一个城市长大了，它就会拥有自己的文化气质，比如夜生活、夜文化，黑夜也会变得妩媚，每夜都变得活色生香。

耳街散步与遐想

　　虽然巢湖到合肥只有一个小时左右的车程，但很惭愧，在2017年最后一天之前，我还没有认真地在这个小城里散过步，没有寻访过她悠久的历史。

　　近二十年来，随着巢湖右岸含山凌家滩文化遗址的发掘，一段五千年前的文明渐渐呈现在世人的面前。

　　出土文物证明凌家滩曾是古代的繁华城市，作为中华文明的发祥地之一，它把中国历史又向前推了很远。

　　古巢国像一个谜，隐藏在800多平方公里的土地上。直到今天，陷巢湖、涨庐州的传说，在史学界依然是一个未被定论的话题。

　　在巢湖唐咀不断发现被水推至湖边的汉陶与瓦片，这似乎也在暗示，中国第五大淡水湖的湖底还有让人惊喜的秘密。

　　每年春天，长在崖壁上的银屏牡丹，总能吸引来成千上万的游客，人们在这株牡丹身上寄托了很多期待与祝福。

　　其实，牡丹并不是巢湖原生植物，能茁壮生长这么多年，本身已是一个传奇。

　　随着研究的深入，巢湖还会有更多的秘密呈现出来，而且有可能是震惊世界的大发现。

　　和洪泽湖一样，平均水位并不太高的巢湖，在远古时代是一大块连片洼地与零散小湖泊，由于地理板块的运动，以及人类活动的影响，沧海桑田，这里发展成了今天的模样。

　　今天，渐渐有些落寞的巢湖市，和日益繁华的合肥，分别坐落在大 V 形巢湖的东西两端。随着巢湖市变成合肥的县级市，合肥成了中国目前唯一一个环抱大湖的省会城市。

　　一条环巢湖大道把两座城市紧密地联系在一起，两座城市的命运却发生了微妙变化。

　　一座古老城市的没落是令人唏嘘感叹的。但是，它曾经的文明也会渐渐散发出明亮的光彩。

　　百万年前，人类的先祖走出森林，脱离兽群，学会生火与种植，很多大江大河中下游的滩涂与河岸便成了理想的居所。

　　文明在河流边缓慢生长，水流平缓的河段或湖泊，便于捕捞，便于行船，也便于灌溉庄稼。

　　巢湖的文明，始于水，也兴盛于水，这就不难解释为什么巢湖周边有那么多来自远古文明的讯息与符号了。

　　巢湖周边，数个千年古镇与码头，提示这个湖与这座城曾经扮演过繁华重镇的角色。商业的繁华必然带来文化的发展。至少在合肥，巢湖籍的名人占了一半。

　　因为失去地级市的地位，巢湖这几年似乎寂静了一些，而随着环巢湖旅游规划的实施，似乎又迎来一些曙光。巢湖的朋友开玩笑说，巢湖的人才都去合肥了。

这当然是一句玩笑话。人往高处走，水往低处流，人才是流动的财富，发展速度快、有活力的城市，当然会吸引优秀人才。中国一线大城市，理所当然地聚集了很多精英。

总有一些资源是拿不走夺不去的，那就是历史与文化。历史是文明的轨迹，上苍的安排。

处在吴头楚尾的位置，巢湖，是由长江经裕溪河（古称濡须水）、南淝河、江淮运河进入淮河的必经之路。

南方部族想要北上，北方国家想要统一全国，都要经由水路运输粮草与士兵。处在咽喉位置的巢湖，就成了兵家必争之地。

仅东汉末年，东吴与曹魏数次大战，就留下了"旗鼓相当""草船借箭"等典故。这些，都是活着的历史。

到耳街之前，我没想到"洗耳恭听"的典故就出自巢湖，而且城里还有洗耳池和牵牛巷。

我不想探究这两个地名的由来，在这个拥有近五千年文明的城市流传任何一种关于远古的传说，我都不觉得意外。

耳街，是目前巢湖市人气最旺的商业步行街。不长的几条街上，有布置精致的咖啡馆，有人气爆棚的饭店，有安静温馨的书吧，有时尚另类的饰品店，加上精心点缀的绿植和雕塑，置身其中，觉得像到了台湾或香港的某一处街头。

每个城市都有一个扮演城市窗口角色的街区，在巢湖市，当然就是耳街了。

　　打扮入时的男女在街上穿行,也是一道道入眼的风景。卖北京糖葫芦的老奶奶,头戴卡通人物造型的帽子卖气球的少女,临街而立。孩子们在街心的秋千上欢快地荡着,笑着。即使是短暂的几个小时,我也已经喜欢上这个充满生活气息的地方。

　　一个"耳"字,似一条若隐若明的线,把农业文明时代的巢湖与电子信息时代的巢湖联系了起来。

　　在未来,物质文明高度发达之后,一个城市富有的标志也许不再是高楼大厦,不再是车如流人如海,而是布置特别、充满文化气息、带有明显地域文化的步行街区。人们在此安居乐业,衣食无忧,漫步其中,可以怀古,可以休憩与沉醉。

　　这种慢生活方式已经开始在发达的欧美国家流行,中国的一些小城镇也开始以"慢城"为美。

　　在风云变幻的时代,做一个安静的城市,守着自己的文明,坚守自己的节奏,等待与下一轮风潮的相遇。

在合肥吃什么

吃喝拉撒睡，吃被放在第一位，这说明吃是非常非常重要的。"吃了吗?"是我们最常用的问候语。在很多文学作品里，也可以看到对食物的赞美。

食物的丰富多样，是经济发展和繁荣的具体表现，生活越好，吃得越丰富。现在，除去吃不饱饭的地区，大多数国家已经进入恐胖的年代，减肥药和减肥茶的流行，说明人类已经集体"病"了。所以，当人们不再为吃不到发愁，而开始为吃什么发愁的时候，人们必然会开始挑三拣四。

"四条腿的不吃板凳，天上飞的不吃飞机，水里游的不吃轮船"，这是用来形容特别在意美食的广东人的，多少有些嘲讽的意味，但是，从另一方面来说，广东的小吃是丰富多彩的。

我在合肥待了十几年，每有外地朋友到合肥，也曾想带他们去找合肥小吃。挠了半天头，真不知道是应该带他们去喝汤，还是去吃小龙虾。事实上，这两种东西在合肥附近的城市也吃得到。

问了几个合肥土著，他们说，地道的合肥小吃，除了四大名点，就只有庐州烤鸭了。还有人推荐了张正麻辣串、大老刘粉丝和007 牛肉面。我觉得带人去吃面条什么的实在太不庄重了，就找了一个带"庐州"字眼的饭店，请朋友吃了一顿烧烤。大约有人猜出来了，那饭店叫"庐州太太"，听起来有点像"大娘水饺"。

文化姑且不论，单在饮食上，合肥绝对是一个非常具有包容性的城市，川菜、湘菜、徽菜、杭帮菜、粤菜、云南菜甚至泰国菜都能寻到影踪，而且每一种菜系都"活"得不错。包容的另一方面，是强大的改造和创新能力，所以你在任何一个菜系的饭店里，都能点到菜泡饭和面条。川菜的麻和湘菜的辣，在合肥都变得温柔了许多，而粤菜也变得不那么清淡了。

合肥是一个移民型城市，你在合肥的饭局上，能碰到一两个从江浙沪来的人，会有一两个陕甘宁一带的人，也许还会有一两个从湘鄂川来的人。这种组合，就要求菜的口味要有一些中和，互相照应一下，都不要那么霸道。

出身寒微，粗茶淡饭习惯了，我吃饭基本上是为了填肚子，算不上地道的吃货，所以在饭桌上经常被讲究细节的人鄙视。我觉得讲究细节是要一些成本和时间的，需要慢慢地演练。比如用小牙签剔螃蟹腿上的肉来吃，我就学不会，时常嚼两口就吐出来。上帝给一个人的时间寥寥，中年去学斯文，对于我这样的粗人，怕是来不及了。

见过猪跑，也吃过猪肉，饭局吃多了，虽然对小吃不太了解，但是，有特色的小店我还是记住了一些。

比如庐州烤鸭，比较火的好像是宿州路的那家，步行街修好的时候，生意更好了，据说招牌菜是鸭油烧饼和片皮鸭。鸭油烧饼以前是一块钱一个，现在据说涨到两块钱了。吃鸭是非常流行的吧，比如北京全聚德烤鸭，现在好像已经有走出国门的迹象了。一鸭三吃，或者四吃，甚至多吃，把吃鸭子弄成了一种文化。

和庐州烤鸭相比，我个人觉得，合肥比较有文化潜力的菜是吴山贡鹅。只是，如果想弄成特色品牌，从地方走向全国，仍需要经过不断的演绎和努力。我少年时就知道宿州符离集烧鸡了，那时坐绿皮火车，路过宿州和青龙山的时候，总有挎着竹篮的妇女挨个车厢地叫卖。以至于在停车加水的时候，很多人会把头伸出车厢，买一些带在路上吃。

最近几年，连锁式快餐馆和酒店在合肥风起云涌，从鸡鸭鹅到牛鱼羊，都有了。本土比较出名的是肥西老母鸡（现在改名叫老乡鸡了），连带着那句"从肥东到肥西，买了一只老母鸡"的方言也一起出名了。这家装修风格与肯德基比较相似的饮食店，是地道的中式快餐店。鸡肉哪儿都有，快餐大约不能算地方特色小吃，所以，请朋友吃一顿几十块钱的快餐，彼此都会觉得草率了。

庐州太太，一个看似中餐馆的店，原来是卖烧烤的。不知道为什么，总是人满为患，每次都得拿个小纸条等位子。在没有特色小吃的情况下，有特色的饭店也算是一个比较好的选择。

有一次逛商之都，在那个著名的梨花巷里邂逅了著名的以武侠风格著称的风波庄。风波庄以竹子装修酒店，里面摆方桌、长板凳，还有刀、剑等兵器，包厢还被取了南帝、北丐、东邪、西毒等名头，呵呵，服务员不论男女，统一叫"小二"。进店的客人不是女侠客，就是男侠客。"小二"的穿戴和影视剧里的非常像。"小二"上菜和唱和都扯着嗓子吼，让你觉得到处都是呼呼的杀气。

风波庄里，"大力金刚腿"是红烧肘子，"玉女心经"是茅草根炒肉丝，"大力丸"其实是肉圆子，"暗器"是牙签，"小李飞刀"是汤匙。有人说，在风波庄吃饭，吃的不是菜，因为他们的菜真的不怎么讲究，而是一种氛围，吃的是武侠文化，寻的是开心。据说，现在除了合肥，其他城市也有了风波庄。这倒是让人吃惊，也算是本土文化的输出。

合肥街头还有推车卖臭豆腐的，一块钱买几块（现在也涨价了），简单地放一撮香菜和一勺酱汁，用一根牙签像扎西瓜一样扎着吃。不知道这种和麻辣串互为表亲的东西，为什么会吸引那么多人。

张正麻辣串——如果也算作合肥特色小吃的话——在好吃鬼中间似乎也是尽人皆知的了。比较夸张的是，曾经有个朋友突然想吃串子了，大中午的，从高新区开车到六安路饱餐一顿。大家对店门口排队吃串子的场面也见怪不怪了。能让人为了一口美食排队的店，还有詹记宫廷桃酥王。

合肥其他特色小吃，还有三中旁边的大老刘粉丝和九州大厦旁边的007牛肉面。事实上，这些店并不太大，而且也不那么讲究，一群人端着大碗，在店门口呼噜呼噜地吸面条，甚至让人觉得有些滑稽。面馆变得讲究之后，大家反而觉得不习惯了。就像现在仍有人回忆当年在宁国路赤膊上阵吃龙虾一样，龙虾进了大饭店，价格贵了，也少了一份随意酣畅。吃，有时候可能需要一种氛围。

对于我个人而言，印象比较深的还是小有天。三孝口那家，以前周日的时候，我总喜欢去吃一碗面条。后来店里的菜式改了不少，我去得反而少了。

因为饮食习惯的关系，我比较喜欢吃面，遇到有韭菜盒子的店，我总是高兴得很，每次都能吃三到四个，一顿饭，我基本上就吃烙馍和韭菜盒子。没有人让我推荐这种店，如果需要的话，我能说出三四个。

曾经有一天加班到凌晨一点，突然想吃兰州拉面，我拉了一个同事，打车跑了几圈，才在三里庵附近找到一家路边摊，因为打的花了将近三十块钱，所以那碗面让我记忆深刻。

中国人喜欢在酒桌上办正经事，有时候，一顿饭吃得有没有感觉，可能会决定一件事的成败。办大事，可能要上大饭店，而小吃店可能只能用来了解民风民情。如果小吃有了特色和风情，也许会让一个外地人因为这一种小吃而记住一个城市的好。

在碧山

人充满劳绩，但还是诗意地栖居于大地之上。

——荷尔德林

一个白发的老猎人，和他的一群雪橇犬生活在雪山之下，老猎人靠在冰冻的湖里捕鱼，或者在被雪覆盖的山林里打猎为生。他的小木屋在远离人群的深山中，他还有一个不善言辞的妻子，每天在家里晾晒兽皮，或者擦拭已经锃亮的家具。每当炊烟袅袅升起时，大地一片安详。这是一部电影里的场景，电影叫《最后的猎人》。

盘桓农耕文明太久了，隐居一直是中国文人的情结，而且选择隐居的人，人生中大多有着不得志的记录。"春风得意马蹄疾，一日看尽长安花。"志得意满的人，肯定不会喜欢门可罗雀的生活。"把酒话桑麻""采菊东篱下"，把陶渊明当作偶像，其实是为了求得内心的安定。

在工业化大潮还没有到来，城市仍然是贸易场所的时候，中国的乡村一直是中华文明的生发和传承地、财富的积累地。乡规民约、宗族势力，以及开明乡绅，是乡村的主要领导力量，再加上传统道德教育，乡村健康而充满活力，一代代繁衍生息。这种日出而作日落而息、鸡犬之声相闻、村庄掩映在树丛之中的生活，一直持续到 20 世纪 90 年代，大批农民成为农民工之前。

彼时的乡村，杂花生树，每个村庄或许都有一条清亮的小河绕过，或者有几口碧波荡漾的池塘。乡村的清晨，总是伴着鸡鸣狗叫开始的，饥饿的猪也开始哼哼叫。人们伴着朝霞，到村中的老井挑水，井水甘甜而清冽。太阳初升，家家户户的烟囱，在微风里吐出长长的炊烟。当晶莹剔透的露珠从果实和树叶上消失时，村民纷纷开始下田劳作，羊群遍布青青草丛，而池塘会把蓝天、白云以及羊群，都收拢在如镜的湖面上。夏天，荷花烂漫，鱼戏莲叶间。秋天，大地一片金黄，成熟的高粱垂下饱满的穗子，等待农人收割。

一分耕耘，一分收获，人们会把全部的精力用在种庄稼和养殖家禽牲畜上，带着汗水的收获，总会让人觉得特别香甜。贫穷和饥饿总是伴着很多人的生活，偶有富余，人们会送孩子去求知读书，争取获得功名，改变命运。更多的人，会像乡间的老树，在春花秋月四季风雨里寂静地生长，直到老去。平静和轰轰烈烈都是生命的状态，没必要千篇一律。

村庄里，土房和瓦房并存。土房都是上了年纪的屋子，有的甚至经历了上百年的风雨，依然坚固耐用。土房墙壁厚实，屋顶苫上厚厚的稻草，房内冬暖夏凉。而青砖瓦房，是标准的四合院式的，砖墙泥地，样式简单，干净舒适。无论是贫困还是富有，每家的房前屋后都生长着大树，有小鸟筑巢，有蜜蜂采蜜，春有鲜桃，秋有红枣。食用的蔬菜都是亲手种植的，没有反季节蔬菜。鸡鸭猪羊，用谷物和最普通的饲料喂养，没有增肥剂，也没有激素，一切自然而清香。河流和池塘都是干净的，鱼肥虾壮，那是大自然最仁慈的馈赠。

机器很快开进了村庄和田头，更多的电器进了乡村，三十年的生活，像是跌宕起伏的山路，困惑伴着惊喜与恐慌。用于耕作的牛马开始赋闲，渐渐地，它们的命运变得简单而统一——成为人类的一道菜。在城乡二元制结构制度下，靠着对乡村的无休止的掠夺，在畸形剪刀差的发展状态下，中国的城市开始了暴富之旅。土地，成了放射金光的聚宝盆。庄稼沦落到卑贱的地步，人们不再认为认真种地是光荣的。当金钱和权力主宰了一切时，规则已经苍白如纸，曾经的乡规民约和宗族势力失去效能，道德感荡然无存。可悲的是，世代劳作在田野上的农民也被财富逼迫着，走进一座座陌生的城市。为了谋求更多的财富，谋求改变命运的机会，他们需要背井离乡。这是一种现实需要，也是一种无奈。

值得我们欣喜的是，一个多世纪以来，城市里有良知的知识分子一直没有放弃对乡村的关爱，他们用自己的行动去改造乡村、建设乡村。一直到今天，这种星火燎原的努力一直在持续。比如左靖和欧宁共同发起了"碧山共同体"和"碧山计划"，他们希望通过微薄的努力，为这座风景如画的村子，留下一些不会被轻易抹去的痕迹。无法让时光倒流，也不可能阻挡乡村的现代化与电子化，唯一能做的，是让乡村发展得更像乡村，而不是成为城市劣质的复制品。

碧山，安徽黟县的一个村子，距县城 10 余里路，和众多的徽州古村落一样，在成为像西递、宏村那样的景区之前，它仍然默默无闻。和那些没有被列入旅游开发计划的村子一样，这个村子里无人居住、缺少维护的老房子开始坍塌，在旧民居原址上矗立起用钢筋水泥和铝合金建造的小楼。就像一条蜕皮的蛇，徽州慢慢变了模样，它的崭新和时尚，让一些人文主义者深感不安。

在碧山猪栏酒吧乡村客栈，我享受了两天闲适的生活。炊烟袅袅，狗吠声声，面对一片粉墙黛瓦的世界，有一组诗在心里回响，那就是陶渊明的《归园田居》，只是我的内心并不落寞，而是充满了平静。

若有细雨，呆坐在客栈的二楼，越过层层黑瓦，可以把目光送到最近处的青山，让思绪飘得很远。

洛杉矶就是个新农村

　　受美国电影的影响，我一直以为纽约、洛杉矶、芝加哥这样的大城市，也和北京、上海一样，是钢筋水泥的森林。每天清晨，衣着光鲜的上班族，如工蚁一样，从蜂巢一样的公寓楼里走出，成群结队地上路，然后又蜂拥而入某座蜂巢一样的写字楼，开始日复一日、年复一年的工作。电影里斑马线上匆忙的脚步，给我留下了很深的印象。

　　也许是没什么历史可回顾，美国的商业大片一般热衷探讨未来，想象未来美国会受到某种外来生物的毁灭性的攻击，然后一两位英雄力挽狂澜，使国家转危为安。这突出表达了美国式的英雄主义和团结向上的爱国主义。

　　曼哈顿最著名的帝国大厦，现在是一个景点，它每隔几年就会出现在电影镜头里。站在帝国大厦的楼顶向四周望去，周围的楼群真的密密麻麻，像是水泥森林。如果是在夜晚，公路上的车灯像流动的璀璨的项链，而万家灯火则像是散落大地的钻石。这种美，是人类劳动创造的结晶，也是资本主义纸醉金迷世界的写真。

事实上，高楼林立的曼哈顿只是美国非常特别的一个地方，走出这里，在纽约的皇后区，大部分建筑都是低矮的多层建筑。很多建筑的年纪在百年以上，外墙壁是坚硬的花岗岩。它们很容易让我想起上海外滩的老房子，它们应该是同时代的建筑。只不过，美国的建筑很少拆迁，它们仍然保持着最初的模样，而在中国很多的千年古城里，几乎看不到"千年"的模样。

我们去的第一个城市是位于密苏里州的哥伦比亚市。这里属于美国的中部，典型的丘陵地貌，站在高坡上望，大地呈现非常优美的曲线。特别是雨后的柏油路，配上初秋的黄叶，是非常美丽的画面。而藏在这些画面背后的是一幢幢别墅，而且是那种带有草坪、花园，甚至是泳池的别墅。绿化无处不在，又显得极不刻意。高速公路或社区公路两边，如果是平地，是绿毯一样的草坪；如果是丘陵或山地，则是茂密的树林，颜色有绿有黄有红，树冠有高有低。让人称奇的是，无论走在哪里，几乎都是庄稼地、草坪和树林，而看不到裸露的土地。这种景象，绝非每年春天喊喊口号就能做得到的。最著名的纽约中央公园，在1857年以法律的形式被确立下来，成为全美第一个景观公园，而今它还是原来规划时的样子，没有减少一寸土地。要知道，在寸土寸金的地方，它可是令开发商垂涎的黄金地皮。但是它被保留下来了，长着大树和青草。

美国的房子和家具都要用到大量的实木，可是他们严格规定不准砍树，他们用的木材基本全靠从亚洲或非洲进口。从某种意义上说，这和进口石油一样，也是一种资源掠夺。因为绿化好，汽油的提纯技术高，美国虽然是车轮上的国家，但是，无论到哪里，都是蓝天白云的景象。即使是下小雨或者雾天，仍然可以看到数公里之外的风景。

美国的房子，无论是多层的，还是别墅，都是先用木材搭好框架，然后用砖或者隔热材料进行墙体的填充。我们路过洛杉矶的时候看到一幢五层高的楼正在建设，框架上，除了钢筋就是木材，先搭好木质框架，然后用隔热防火材料刷外墙，最后涂上鲜艳的涂料。如果不近距离看，还真以为是钢筋水泥结构。导游解释说，洛杉矶地处地层的断裂带，地震多，房屋要能经得起八级地震，木质的房子在地基的设计上有机关，弹性很大，有的甚至可以经受上下左右晃动。洛杉矶在 1994 年和 2001 年的大地震里没有遭受更大的损失，可能也与这种设计有关。

也许是地处地震带的原因，在洛杉矶市看不到什么高楼。经常出现在画报上的洛杉矶市政厅建于 20 世纪 20 年代，它现在仍然是市政厅。而它的周围矗立着一些 30 层以上的高楼，撑起洛杉矶的天际线。导游说，从很远处看，这些楼就像是秃子头上的虱子。在 1000 多平方公里的土地上，摩天大楼并不多，这实在是比不上高楼林立的北京或上海，甚至中国二线城市的高楼也比它多得多。

大洛杉矶地区有 900 多万人口，而洛杉矶市有 400 多万人口，绝大多数居民的房屋是平房和"汤豪斯"。这里的平房，其实大多数是单层或者两层的花园洋房。不得不说，在中国老百姓开始大规模"上楼"的时候，美国人仍然坚持住在平房里，前有花园，后有草坪。美国的社区与建筑的设计，和中国集中式的规划非常不一样，整个洛杉矶就是摊大饼式的建筑规划，汽车在高速公路上跑一个多小时，还没有跑出城市，但是，从高速公路往两边看，没有挡住视线和风景的建筑。房子总是随地势起伏，错落有致地分布在山坡山谷或山崖边。有房子的地方，要通水通电通路，房子的地下是规模庞大的管网工程。这是非常厉害的建筑，比地面上的建筑更伟大。

加拿大人简·雅各布斯女士写过一篇《美国大城市的死与生》，里面提到大城市的公园街道以及商业广场的分布与规划。这里的美国人生活在花草绿树间，他们哪里需要公园？他们生活的环境就是公园。

洛杉矶就是个新农村，市民不用上楼，他们接地气地生活着，出门是公园，开车一个多小时就到了大海边。

你要做柳下惠，还是西门庆

在男女之事上有一个"模范生"，几千年来他被当镜子挂在墙上，照出越轨男人的花花肠子。他叫柳下惠。

一个天寒地冻的晚上，柳先生夜宿城外"快捷酒店"。夜里，有一位妙龄女子前来投宿，该女子不知是家境贫寒，还是为了风度而不要温度，总之穿的衣服较少，手脚冻得僵硬。柳下惠发扬助人为乐的精神，让她坐在怀中，用衣服裹住她，直到第二天天亮，他没有与怀里的女人发生越轨的事。店主人或者伙计知道柳先生救人的事后，透露给了"路边社"，然后被广泛宣传。

史书上说，柳先生用身体温暖女子时正值 26 岁，能在热血偾张的年龄做得如此卓绝，所以他被树为男人的典型，名传千古。

关于坐怀不乱还有一个说法。据说柳先生出差途中突遭大雨，因没带雨具，只好躲进一座破寺。谁知寺中正有一女子裸体晾衣，非礼勿视，柳先生就在寺前的一棵大槐树下被雨淋了一下午。坐怀不乱又作"坐槐不乱"，如果是第二种，新闻的价值就损失不少，柳先生的形象也矮了不少。

　　历史上这个本名展获的男人，在仕途上三起三落，在孟子的眼里是"百世之师"，道德高尚，为官清正，不阿谀权贵，得意不忘形，失意不坠志。他弃官归隐之后回乡务农，和乡亲们打成一片，活百岁而终。孟子把他与伯夷、伊尹、孔子称作"四圣"。由此可见，柳下惠确实不仅仅在男女关系上很严谨，在思想和道德方面，也是脱离了低级趣味的人。

　　生活中这样的男人有不少，在单位是踏实能干、品德高尚的好领导，在家是慈爱、知寒问暖的父亲、丈夫，在朋友圈里是风度翩翩、仗义的好兄弟，也是众女人眼里的正人君子。如果长相俊美，必定是"师奶杀手"。这样的男人，风趣幽默，有胆识有才华，有涵养敢担当，也因此在男女关系上非常严谨，让别的女人望而却步，没有插足的机会。

　　这种男人会拥有众多女粉丝，但是从不给女粉丝们任何零距离接触的机会，很多女人就在望梅止渴中捶胸顿足，"别有幽愁暗恨生"。这种男人，最后大都活成了一个"牌坊"，一个令人仰止的"墓碑"。

　　每一个高大的"牌坊"下面，必然有一个低矮的参照物。柳下惠先生的反面人物应该是西门庆。

　　和真实存在的柳下惠先生不同，西门庆只是一个小说人物。但是，以西门庆的发迹史和所作所为，大家一致认为，这种集恶霸、地痞、淫棍、流氓官员和黑恶势力于一身的男人，在当时的现实生活中比比皆是。

　　西门庆是中国16世纪资本主义萌芽时期新兴商人的典型，这个人出生于清河县的一个殷实人家，父亲是开药铺子的，他自然就是"富二代"。成年后的西门庆靠着违法的手段，依靠勾结官府腐败人员，进入多种垄断行业，攫取暴利。

财大让人气粗，发财之后的西门庆以钱买官，拥有了权力。在权与钱都满足之后，他继续疯狂地寻花问柳，夜夜笙歌。西门庆在勾栏瓦舍留下多情的身影，陷入纸醉金迷的生活而不能自拔，直到有一天，他的生命终结在一个女人的身上。

西门庆代表着道德低下、私生活糜烂的男人，要责任心没责任心，要忠诚没忠诚，整个就是一人渣。但是，这种男人见多识广，多少都有些生活情趣，会耍些文艺腔，加上油头粉面的装扮，足以让涉世不深的女人倾倒，即使不为他的英俊外表迷惑，也会在他的财富面前投降。这个时候，甘守清贫的柳下惠就没有了市场，无论怎么有风度，品行怎么高洁，也打不败有钱又会调情的西门庆。

一个男人，要让其毁灭，必先让其疯狂，这话得送给西门庆。

爱情认识论

　　人越老，称得上知心的朋友就会越少。被时间和世俗琐事渐渐蒙上尘埃的心，开始变得警惕和敏感。心门打开的次数渐渐减少，是人变老的迹象。

　　知心朋友，应该有相近的价值观和人生观。相反，价值观相左的人，和平相处的概率要小很多。30 岁以后，我判断一个人能否与我合得来，就是听听他和我有没有共同的认识和看法。

　　判断一个人，就是听听他的"看法"。一个人发表对某个事物的"看法"，需要言之有理，更需要一定的知识储备和常识。通俗而言，"看法"就是一个人的"认识论"。

　　曾经认识一个博览群书的人，从古罗马、古希腊、古印度到现代欧美的政局，无所不知，但他对权力的吹捧让我吃惊。有渊博的知识，不代表有正确的价值观。忽视个体、忽视人性的人，不值得尊重。北航韩教授当街掌掴老者的行为，让我对一些知识分子的流氓化深感担忧。

　　我和上大学的侄子聊天，鼓励他多读课外书，多参加社团活动，多独自出门旅行，最好还能认真地谈一场恋爱。读书是增加间接经验；参加社团活动是提高沟通协作能力；出门旅行是要学会自理；谈恋爱是一门综合课程，如果算学分的话，我觉得应该给 20 个学分。

我们的教育只注重传授知识，大学只负责培养工具，而缺乏对爱和责任的教育。谈恋爱，就是要学会包容和爱，这门课，只有到上大学以后，才有可能通过"自学"补上。

爱是一种能力，很多人不但缺少爱的方法，而且连爱的能力都没有。广义上来说，爱是责任、奉献和牺牲精神，包括对社会的和对家庭的。一个想以爱的名义去获得利益的人，最后得到的有可能只是恨。爱情可以有目的性，但是，加入太多的杂念，总会得不偿失。

爱情是一门功课，很多人都没有及格，要么中途失败，要么婚后翻车，也有的人，一直追着爱情这趟车长跑，却怎么也挤不上车。女的叫"大龄剩女"，男的叫"钻石王老五"，从名称上看，还是有点男尊女卑。

谈恋爱时，对方的长相、能力、未来发展空间和家庭背景，往往是需要综合考虑的。事实上，我还希望增加一条：生活乐趣，也就是业余爱好。趣味没有高下之分，喜欢打牌、钓鱼、喝酒、养宠物，和热爱读书、旅行、摄影的人，都可以成为非常有趣的人。一个没有任何癖好的人，不可深交。

物质奢华的年代，认识一个人，就像剥洋葱，想层层深入，到达他的内心，必须忍得住眼泪。

是愿意坐在宝马里哭，还是愿意坐在自行车上笑，这是认识论问题，也是价值观问题。如果价值观不能统一，即使把她骗到自行车后座上，她还瞥着闪光的宝马，难免会在"西门大官人"从楼下路过的时候飞蛾扑火般地追上去，找机会给你戴戴"绿帽子"。

爱情方法论

六七年前，一句"宁愿坐在宝马车里哭，也不愿坐在自行车上笑"被一个年轻女孩随口说出来的时候，惹起一片争论。有人批判这是无耻的拜金主义，严重亵渎了爱情。

我从来不认为物质会亵渎爱情，灰姑娘从来都向往公主的生活，王子也会为心爱的姑娘舍弃生命，你不在大观园，怎么知道大观园里没有爱情？

遇到爱情，想办法获得爱情，这就是爱情方法论。但是，千万别因为自己身高不够，吃不到葡萄，就说葡萄酸。当初跳水女皇伏明霞嫁给香港财政司司长梁锦松的时候，网上一片诟病。两个人的爱情不需要第三个人去懂，替别人操闲心是帮闲派的毛病。

灰姑娘努力奋斗，不也是想过上幸福生活吗？遇到一个爱你的人，他又开着宝马来娶你，大约没有女人能拒绝。只是，但愿开宝马的人不是只想陪你睡一晚，而是想一块温温暖暖地睡一辈子。作家三毛说：如果我不爱他，他是百万富翁我也不嫁；如果我爱他，他是千万富翁我也嫁。

恋爱时的承诺，最动人的那句话是：我要给你幸福，让你幸福一辈子。只有过上柴米油盐的生活之后，你才能明白这句话的分量。幸福，需要相濡以沫的情感，也需要相当的物质基础。

为了获得爱情，聪明的人有聪明的办法。经常在网上看到用九万九千九百九十九朵玫瑰铺满楼道的，或者用蜡烛摆出心形，在姑娘楼下高歌求婚的故事。这样的故事，第一次看，觉得有创意，第二次看到就觉得有点傻了。但是，对于那个被求婚的姑娘，意义重大。爱情，无论有多少惊喜，都不能算多。

西门大官人从楼下路过，烧饼铺子里一根无意中落下的棍子，成就了一段有些荒谬的感情。从《西厢记》到《庐山恋》，很多文艺作品里，为了赢得美人心，在心上人路过的地方丢手帕，在借来的书里夹纸条，都成为获得爱情的方法。只是，这只能算是行动的第一步，真要赢得爱情，最重要的还是真情。

十几年前，家乡人求婚流行送彩礼，从"三转一响"——手表、自行车、缝纫机、收音机，到后来的冰箱、彩电、洗衣机、组合家具这四大件，对于一个普通家庭来说，想要凑齐这些彩礼，不是一件容易的事，大都需要借钱。这几乎成为考验一个家庭的经济能力的最直接的方法了。但是，为了结婚，很多家庭不得不举债。在没有彩礼就得不到爱情的状况下，私奔成了一些男女常用的方法，生米做成熟饭，两家人大吵大闹一场，然后就握手言和了。

最浪漫的事情也有。五十多年前，一个吹唢呐的盲小伙，让人驾牛车，去迎娶一个盲姑娘。虽然眼睛看不到，他却让人用红绸把牛车裹个遍，他说："我自己看不见，新娘也看不见，但是，眼睛好的人都能看得见，他们会把看到的说给我和我的新娘听。"那是当地几年来最热闹的婚礼。新郎和新娘，在一路的夸赞声中，领略了人生中最辉煌的时刻。两个盲人的爱情，成了当地流传最久、最动人的故事。

　　都市生活节奏太快，情感用于发酵的时间太短，求爱的方法难免过于简单，形式大于内容。在微信和微博上调情的多了，携手轧马路的就少了，面对美好的爱情时，又有一些手足无措了。

乐活男和风骨男

一直很想批评一下男人，直到看到余世存的《中国男》，才有了下笔的冲动。

和余先生为中国近现代史上的"枭雄"和"丰功伟男"列传记功相比，我非常想写一本关于中国花花公子男的书。恕我直言，留名中国史册的男人里，活得像个男人样的屈指可数，活得自由自在的更是难觅踪影，活得比较龌龊和猥琐的男人倒俯拾皆是。

我说这话自有我的道理。如果不龌龊，历史上就不会有男尊女卑，也不必强制女人像金丝雀儿被关在屋里，更不会有裹脚和细腰的"雅癖"。近几十年来，新一轮的审美标准又残害了新一批的女性。所谓时尚名流，你们就是这样解放女性的？露得多了叫放荡，裹得紧了又叫保守。

中国上下五千年历史，基本上是"家天下"的封建王朝，为了君临天下，对权力的争夺成为大多数男人一生的追求。最光明正大、名正言顺的理由是"修身齐家治国平天下"，修身和齐家，都是为了获得平天下的机会。"学成文武艺，货与帝王家。"读书的目的是考秀才、中进士。在封建王朝的"公务员"队列里，一个人的学术水平和治国本领，有时候并不是主要的，重要的是你是谁的门生，你站在哪位朝中大员的背后。权术，是中国封建官场最主要的特色。所谓权术，无非就是有话不明说，给别人小鞋穿，落井下石加背地里下黑手。不会这一手的人，像海瑞、包公这种刚直不阿、百折不挠的官场异类，基本上都没有什么好的结果。权力带来的快感无与伦比，几千年里，连那些太监也乐此不疲，想要抢把龙椅坐一坐。阉党专权，也是中国官场的一大"特色"。

儒、道二派在中国文化传统里一直占据统治地位，这样的结果是，一代又一代人信仰缺失。心中无信仰，眼里自然没有敬畏，更谈不上廉耻。没有建立起耻感与罪感，人就会放开了胆量无所畏惧，所以每有利益纷争，最先突破的就是做人的底线，欺骗或杀戮。不可否认，就因为一些人和群体损人利己，才有了丑恶。

封建官场的倾轧与凶险，让一些不适应这种游戏规则的人，开始淡泊名利，漂泊江湖，或写诗作画，或饮酒买醉。透过他们的文字，我们仿佛可以触摸那些男人胸中的块垒与伤疤。他们以放荡不羁的行为和惊世骇俗的言论，在历史长河里，留下瞬间的光芒。

比如孔子，这个儒学的开创者，他并不知道自己在死后会成为圣人，他的言论和经典会成为封建统治者的模板。我喜欢与三五好友沐风而歌的孔子，也喜欢被两小儿逼问得面红耳赤的孔子，当他被塑像奉为圣人的时候，他已经失去原来的温度。

诗仙李白，一个在中国文学史上山峰一样的人物，一生痴迷官场，却在最高统治者那里碰壁，只好买醉，踏遍青山绿水。这个男人在中国历史页面里，是个风骨男，是个诗仙，但是，他的放达里也有一些不甘与辛酸。

最让我欣赏的男人是张岱。张岱出身于书香门第，家学渊源，先辈均是饱学之儒。可惜张岱出生在宦官擅权、奸臣当道、党争酷烈的明清朝代更替之际，对社会黑暗绝望之后，张岱开始纵情声色与山水，就一个字——玩。他在山水园林、亭台楼榭、花鸟鱼虫、文房四宝、书画丝竹、饮食茶道、古玩珍异、戏曲杂耍、博弈游冶等方面都有建树。这个玩家，最后弄了几本书，我最喜欢的就是他的《夜航船》。张岱自称："少为纨绔子弟，极爱繁华，好精舍，好美婢，好娈童，好鲜衣，好美食……"这样一个人，却留下了经典名篇《湖心亭看雪》。

还有一个有趣的乐活男——李渔，这个写《闲情偶记》的男人，一生热爱生活，他的人生是标准的文艺人生。写《生活的艺术》的林语堂先生很推崇李渔。现在，还有谁能把从住室与庭院、室内装饰、界壁分隔到妇女梳妆、美容、烹调的艺术和美食等等，说得头头是道呢？这样的文艺修养和生活情趣，需要大量的时间作为养料，也需要不菲的金钱作为底色，更需要一种平静如水的心境，因为，在封建王朝，这些都是不可多得的资源。

如果再提及一个风骨男，我觉得有必要说一下龚自珍，这个人物，余世存的书里也提到了。在中学语文课本里，我们读到了他的《病梅馆记》。龚自珍同样出身于贵族世家，少小聪慧，早有成就，因为不满官场乱象，被不断打压，48岁辞官南归，一路上写下悲愤诗作。这个人，很容易让我想起唐朝的杜甫。

还有一个男人，是很多纨绔子弟喜欢的对象，他就是柳永。这个活在女人堆里的词人，一生坎坷，混迹酒楼茶肆，靠给歌伎写唱词维生，无所依靠，直至客死他乡。但是，这样一个男人，却被后来的文学大家们倍加推崇，因为他的不羁，也因为他的风骨，也或者因为他的风流。

在中国封建王朝，世间的变革与鼎革，往往需要伟人的出现，需要自上而下的力量，而文化的力量一直未被重视。没有文艺的复兴，就不会有思想的分野。活在字里行间的男人，难得有真切的面目。后人只能凭借他们的只言片语，触摸他们的灵魂。

回到《中国男》这本书。作者巧妙地把近现代中国的一些事，分割到一些"人"身上，解读人物，让读者知晓历史背后的故事。从文界的龚自珍、刘文典，到政界的曾国藩、宋教仁，军界的蒋百里、吴佩孚……作者将晚清以来那些特立独行的"中国男"的历史际遇和命运，为读者一一展现，浓缩了国民性特征，串起零散的中国近现代史。也许，作者有借古讽今的意味，但是，我觉得这样解读历史，未免草率了一些。

一切历史，说白了都是人的历史，唯有认清人，才能读懂史。读懂一个男人，要看他的 A 面，也得看他的 B 面，不能只美化他的历史伟绩，还得谈谈他的情趣。

念念不忘女英雄

天气大热，饭局增多，宁国南路的龙虾档眼看着要火起来。天气宜人，红男绿女开始找各种理由相会，以吃饭的名义搞活友谊，也或者恋爱与联欢。因为酒后驾车罚得很严厉，连老酒鬼们都变得乖多了。

其实酒是一种好饮料，如果没有酒的熏陶，这世界上和爱情、战争相关的故事，就会干瘪失色许多。酒能让成年人快速回到少儿状态，变得无拘和可爱。只是，某一王朝或某一年代，因为消费欲望过度强盛，人们对花天酒地的生活非常倾情，于是酒后失德的事情就层出不穷，久而久之，酒和女人就成为男人落败之后的借口。历史上很多男人缺少好汉做事好汉当的气魄，失败了说女人是红颜祸水，成功了说女人是贤内助，揽功推过，这多少为女人所不齿。看电视剧新《三国》，我一直觉得孙权把妹妹许配给刘备挺傻的，在这桩政治婚姻中，孙尚香既像个筹码，又像个英雄，衬托出男人的卑鄙与无能。

和孙尚香一样喜欢使枪弄棒的女英雄，最著名的就是花木兰

117

了，这个有些传奇色彩的人物，成为中国文学作品里的一大景色。她的生平籍贯和藏匿军营的生活，成为一批有考据癖的专家的研究内容。细想想，花木兰被赞美的原因，其实不是她带兵打仗的武艺，而是她精忠报国的爱国主义思想。和花木兰一样披甲上阵奋勇杀敌的女人，还有梁红玉、杨门女将。当年听常香玉唱"有许多女英雄，也把功劳建"，能震得身子一颤。女英雄，身兼秀美与豪气，柔中带刚，自然让男人心动。

在法国历史上，圣女贞德是一个响亮的名字。这个来自法国乡村的少女，17 岁开始带领人民抗击英国侵略者，19 岁被处以火刑。生命不在长短，只要发光，就会留下灿烂的瞬间，五百多年过去了，这个少女的名字仍然高居女英雄排行榜前列。说实在的，让女人冲杀在血肉横飞的战场，是人类的一种悲哀，更是没有进入文明的表现。

少年时代，耳朵里听得最多、名字最响亮的女英雄叫刘胡兰。这个和雷锋、董存瑞并列的名字，经常会出现在我们的作文和日记里，他们影响了一代人的理想和人生观。这个 10 多岁就加入中国共产党，15 岁就英勇就义的女英雄，是已知的中国共产党女烈士中年龄最小的一个。翻开历史的画卷，这位英雄还有两次订婚和一次初恋的经历，她牺牲时交给继母保存的东西，就是她心爱的人赠给她的手帕。成年之后，偶尔读到这个细节，女英雄的形象在我的心里更加丰满和立体。作为一个乡村少女，她本来应该和其他女孩儿一样，走嫁人生子的路。可是，为了更多人的幸福，她选择了牺牲。15 岁，青春的花刚开，却过早地凋谢了。

在和平年代读女英雄的故事，能感觉到历史在日出日落中渐行渐远，不可触摸。战争产生和平，和平奠定幸福生活，今天，谈英雄主义和理想主义，仿佛有点不合时宜。所以，在某次饭局上谈起这个话题的时候，有一半的女人很顺利地把话题转向面膜和网上购物。今天的女人是幸福的，读书工作，选择自己想要的生活方式，之后可以享受美食华服，还可以尽情享受来自男人的关爱。

这是个英雄落寞的年代，很少有什么事能让沉浸在温柔乡的青年血脉偾张。不知道今天还有没有孩子在作文里写"长大后我要成为一名英雄"，估计写成为总经理的人比较多。现在"女英雄"的称号大都被赠送给了商界的女强人，又或者地产界的女老板，改了称呼，叫"某某女杰"。因为金钱至上思想的影响，似乎能挣钱的人都会被当成社会名流，或者社会精英。

生在和平年代，全心全意搞生产，搞好物质生活，享受生活，这其实没什么错。每天碰到路边炸弹提心吊胆地过日子，虽然随时有可能会变成"英雄"，但是，绝大多数的人是痛恨这种生活的。

没有女英雄的年代，肤白高挑、美丽性感的美女就占据了人们的思想高地，每天关于她们的八卦和图片都会出现在报纸娱乐版上，一年三百六十五天向我们抛着媚眼，又或者传播这个年代最让人震惊的绯闻。

明星美女，成为大众生活的作料，人们对明星的关注和热情，高于对女英雄的向往。女英雄并没有消失，她存在我们的心里，会在某个春天发芽，因为，那是一股凛然正气。

茶酒药奶

　　茶性清苦，生于山林，沐山风云霭，存天地精气，成法自然。

　　于瓜田李下饮茶问桑麻，有脱离尘嚣的惬意；于都市茶楼戏社饮茶清谈，则有大隐于市的味道。于山野村民，饮茶是农闲时打发时光的方法。几个皓首老者，清茶伴土烟，边饮茶边议野史逸闻，不知不觉鸡栖树颠，夕阳过山梁，染红一片山川。饮者虽不曾发出问菊南山、闲敲棋子的慨叹，却诗意天成。而于都市中饮茶，虽难有山野间的耳根清净、清风拂面，但于奔忙应酬之外偷得半日闲，泡一杯清茶，看绿叶升腾翻下，会意人生浮云。

　　现在名曰茶楼的地方，城里比乡间多，可是，真正心闲若水，静下心来清谈叙旧的人，又有几个？饮茶，渐渐成了时尚的应景之作。而山郭村野，青壮年人进城淘金，老人孙儿绕膝，还要忙田间农事，也只有在下雨落雪之时，才能三五好友小聚一回。

　　能和源远流长的茶文化相提并论的是酒文化。中华五千年，酒和方块字一样透着厚重的质感，写酒的文字遍布尺牍帛纸。

　　酒以五谷杂粮为原料，经发酵蒸馏，滤去麸皮杂质，便是绵香的酒。"浊酒一杯家万里",说酒本来是浑的。若干年前,酿酒是农事之外的消遣,家有余粮者都可为之,并且纯手工操作。现在酿酒,成千上万瓶地从一条生产线下来,利润所驱,很少有酒厂能按部就班自然发酵,而是以机器加发酵剂,快速成品。更有甚者,以清水加酒精勾兑,全然失去粮食本味。没有粮食参与的酒,已是赝品。

酒性热烈,宜热闹地喝。酒入口的方式很多:轻轻沾唇,叫酌;细细慢入,叫品;大碗斗杯仰脖倒入,叫喝。"高流端得酒中趣,深入醉乡安稳处。生忘形,死忘名,谁论二豪初不数刘伶?"怀才不遇喝闷酒。"送君南浦,愁几许。尊酒留连薄暮,帘卷津楼风雨",借酒浇胸中郁结的块垒。"酒酣胸胆尚开张",喝出畅快;"红泥小火炉",饮得闲适;"古来圣贤皆寂寞,惟有饮者留其名",醉出自我。

现在人饮酒只是为了饮酒。酒桌之上,有山珍海味,有觥筹交错,有称兄道弟,有大呼小叫,也有蝇营狗苟,更有权钱交易。酒局,成了许多身处宦海、商场人士的头疼事。饮者壮烈于酒桌之下的新闻,时常见诸报端。当酒成为一种工具与幌子时,有谁还记得曲水流觞、踏曲唱和?

不知不觉中,烈酒已经不再广受欢迎,许多人端起了酒性温和的红酒、黄酒和啤酒。红酒本是西洋人的佐餐饮料,主要功能并不是借酒起兴,而是活血助消化。而更有身份的人士,现在即使上了酒桌,也已经不再饮酒,为了革命工作,保持身体健康,他们改喝奶了。

奶是由"吃进的是草"的奶牛产出的。奶牛性格温柔，生长于草场，更多的长年生长在栅栏之中，每天吃着精细加工的草料，喝着能增加产奶量的添加剂。就像养鸡场出产的洋鸡蛋一样，养尊处优的奶牛们产出的奶，也是绵软得没有任何性格的。奶，只是营养品，一种养生之物。

一桌人，觥筹交错中举起白白的牛奶，又说着敬重之词，真有点怪怪的，这已经不能叫酒局，只能叫吃饭。如果只为了吃饱肚子，真不应该浪费那么好的下酒菜。

首倡酒桌上喝奶的，应该是个思想开明的人，改革了千百年来的"陋习"。但酒后热肠的豪爽与真诚，是在"奶桌"上无论如何也见不到的。

现在更多注重养生保健的人喝起了药，而且喝到了酒桌上。这种含有多种维生素或微量矿物元素的药，叫保健药，或保健药酒。喝保健药的人，多不为治病，而是为增强某一器官的功能。古代也有经常喝药的人，那是有些作秀味道的时髦行为，部分喝药的人还因此青史留名。

现在经常拿保健药当饮品喝的人，只是先于我们小康了。

当茶叶遇到了鸦片

中国最古老的茶树，生长在巴蜀高原一带的山林里，最早发现茶树和食用茶叶的是生活在喜马拉雅山东南部山麓的傣族。商路初开，茶树的种子，随着商队的脚步，翻越高山，跨越河流，向内地撒播。在两千年前，茶树种植和饮茶习惯传播到了中国各地。

茶叶含有的有机物和有益微量元素非常丰富，能促进新陈代谢，清心提神，消除长时间坐禅产生的疲劳。天下名山僧占多，离群索居，住在山里的僧人们，把种茶和饮茶当作生活的一部分。佛教徒饮茶的历史可追溯到东晋时代。很多名茶，都有佛教徒做茶的传说。而中国茶圣陆羽，则是在寺院里出生，受僧人教育，并由此与茶结缘。

当茶和食盐一样，成为日常生活物资的时候，官府把茶变成了专卖品，称作"官茶"。官茶主要用于茶马交易，始于唐代，成于宋代，衰落于清代。宋朝统治阶级重视"茶马互市"，主要原因是维护边疆安全。宋朝初年，内地用铜钱向边疆少数民族购买马匹，但牧民则渐渐将卖马所得的铜钱用来铸造兵器，兵器会威胁到宋朝

的边疆安全，因此，宋朝禁止以铜钱买马，改用布帛、茶叶、药材
等来进行物物交换。延续了四百多年的商路，后来被称作"茶马古
道"。

在茶马古道出现之前，中国已经开始出口茶叶了。主要的出口
对象是西伯利亚一带以肉为主食的游牧民族，以及气候寒冷的俄
国。茶叶出口贸易的地点是中俄边境口岸城市恰克图。砖茶和红茶
产自中国南方，而经营者却是非产茶之省的山西的商人，也就是富
甲一方的晋商。到了 17 世纪，中国的砖茶在欧洲已经拥有庞大的
消费群体。从恰克图出发，俄国商人们将茶叶贩运至雅库茨克、乌
拉尔、秋明，一直通向遥远的圣彼得堡与莫斯科。

茶叶改变了欧洲人的饮食，在牛奶中加入富含多种维生素的红
茶，成为一些贵族的习惯。在贵族们的带动下，饮茶在欧洲成了非
常风雅的事情。来自中国的精美瓷器带着强烈的异国情调，在绿荫
如盖的茶园里，一边谈天说地，一边品味上等好茶，渐渐成了时尚
生活。18 世纪法国著名画家弗朗索瓦·布歇的油画，精妙地记录了
欧洲人饮下午茶的场面。

1792 年，英国政府任命马戛尔尼为正使，乔治·斯当东为副
使，以贺乾隆皇帝八十大寿为名出使中国。实际上，马戛尔尼此行
的另一个目的，是要求在中国增开通商口岸，降低关税，设常驻外
交使节，并开租界，等等，可他提的七个要求遭到了清政府的
拒绝。

面对孤陋寡闻的大臣和骄傲的皇帝，马戛尔尼和中国官员在接
待礼仪上发生了冲突，接见短暂，不欢而散。马戛尔尼在文字里记

下了他的所见所闻和对未来的判断："中华帝国只是一艘破败不堪的旧船，只是幸运地有了几位谨慎的船长才使它在近 150 年间没有沉没。它那巨大的躯壳使周围的邻国见了害怕。假如来了一个无能之辈掌舵，那船上的纪律与安全就都完了。"

作为贸易商品的茶，对于英国非常重要，渐渐成为海外贸易与殖民体系中的主要动力性因素之一。茶叶不仅为英国创造了一种饮食习惯，也使英国积累了大量的资本，并使英国在用美洲殖民地的白银购买中国茶叶的贸易过程中，形成了大英帝国驱动世界的经济体系。这情形，有些像今天金融寡头用石油控制世界经济体系。

贸易逆差越来越大，英国的白银流向中国的速度越来越快，这个靠笼络海盗和打劫发家的国家，把向中国出口鸦片当成最好的买卖。鸦片，其实中国古已有之，只不过是作为镇痛的药材使用，俗称"大烟土"。第一次鸦片战争之前，英国商人走私了大约 44.3 万箱鸦片到中国，赚走约 2.3 亿两白银。英国人找到了两种贸易成功之道——坚船利炮和鸦片。

正是在这两种不可抵抗的武器下，战争很快就开始了。所向披靡的侵略者发现这个东方神话国家竟然如此不堪一击。半个世纪前，马戛尔尼和他的使团发现，送给康熙大帝的数百种礼物，包括先进的火炮、四轮马车、自鸣钟等，竟然原样未动地放在仓库里。除了感慨，侵略者更坚定了讨价还价的决心。骄傲是需要实力的，皇帝开始考虑和谈，慈禧太后考虑"量中华之物力，结与国之欢心"。

第二次鸦片战争后，汉口成为新辟的 10 个通商口岸之一。开埠后，俄国人借 1862 年与清政府签订的《中俄陆路通商章程》，取得了直接在茶区采购加工茶叶和通商天津的权利。俄国人终于打通了从最大的茶叶集散地汉口至天津，再至海参崴的水路，从而取得了水陆联运的便利。中国商人的利润被剥夺殆尽，曾经繁荣了近两百年的边境贸易口岸恰克图日见衰败，晋商衰落。

　　欧洲人和俄国人大量进入中国，各类船只停泊在中国的各个港口城市和通商口岸，传教士向内地渗入，教堂、医院开始出现在中国内陆城市。洋人的到来，带来了新的思想，也带来了先进的机器。工业文明像海洋中的巨轮，携着巨浪，以及完全不同的文化，以令人猝不及防的速度，冲向中国农业文明的堤岸。教会提倡破除陋习、传播新思想，与维新运动一样不可避免地会引起守旧势力的仇恨。

　　茶与鸦片的相遇，是农耕社会与工业社会的第一次碰撞，清新、优雅、平和而健康的茶，遇到了浓烈、放浪、劲爆而凶险的鸦片。中国新世纪的大幕，在悲情的基调中拉开，充满了愤怒、恐惧、惊慌和自卑。那种日出而作，日落而息，田园牧歌中的悠然见南山的情调，像晚霞一样消退了，无影无踪。中国开始被迫跟随世界前进，伴着蒸汽机的汽笛声，随着自己并不熟悉的节奏，加快速度，翩翩起舞。

　　和宫廷里的人一样，百姓对凹眼凸鼻、金发白肤的洋人，以及他们带来的思想，也充满了恐惧。非我族类，其心必异，民间的反教会运动此起彼伏。但是，仍然有数以万计的百姓跪倒在上帝的脚下，他们相信传说中的天堂能让他们脱离苦难的生活。

让老百姓恐惧的还有新式机器，因为它们的到来，很多传统产业受到冲击，从蚕丝到织布，低价的洋货夺走了很多人的生活门路，一些传统产业开始破产。对先进生产方式的恐惧、对洋人入侵的愤怒，终于点燃了普通百姓胸中的怒火。一个叫"义和团"的组织出现了，和中国历史上的农民起义组织一样，他们设立神坛，画符请神，以迷信和神权天授的方法，打出"扶清灭洋"的口号。

而在此之前，这个秘密组织叫"义和拳"，最初打出的口号叫"反清复明"，遭到清政府的残酷镇压。现在，他们把斗争的对象改为洋人，开始支持清朝抵抗西方，改名为"虎神营"，口号也改为"扶清灭洋"。

在外国势力的干涉下，义和团被清政府定性为"乱匪"，被残酷镇压。作为一个民间自发性组织，义和团忠君排外，迷信散乱，缺少代表先进方向的政治见解。它出现在新旧两种势力交锋的年代，代表新工业的资本主义制度战胜了代表农业文明的封建制度，由生产技术带来的变革，是否可以代表新制度的胜利？

结束了封建王朝，一代人开始了图新求变的努力。洋务运动承认了中国的落后，而大批的留洋学生，梦想为中国开出治国良方。茶与鸦片的相遇，结束了数千年的农业文明，开始了工业化齿轮的磨合。而此后，工业化日益加速，制度一次次变革，中国似乎一直处在追赶的位置，在 20 世纪初留下的阴影，如阴云一般，在百年之后仍然没有散去。

在地大物博的中国，农业文明时代，顽强的自我循环系统持续了几千年，虽然王朝兴亡更替，却一直呈螺旋状向前，即使是在同治皇帝统治的年代，清朝的能量和财富仍然是称雄世界的。

　　封建王朝的小国寡民，不需要大量消耗自然资源，没有过度的需求，而工业化催生资本主义制度，加速了人类对地球资源的索取，越占有越饥渴，也越不满足。资本主义的扩张，就成了必然的选择。

　　"师夷长技以制夷"，是洋务运动时中国政治家的梦想和责任。现在，经济称雄世界的中国，已经重拾应有的自信。

自由的天空，凯鲁亚克与余纯顺

因为厌烦生活在同一个地方，人们对旅行充满了渴望。为了摆脱都市两点一线程式化的节奏，劈柴喂马的田园生活也成了自由自在的象征。心灵深处的不安分，会让人爆发超常能量，做出超常的举动。而解决的办法通常只有一个：离开，上路。

为了追求自由不羁的生活，杰克·凯鲁亚克和他的朋友们，完成了一次横越美国大陆，从纽约到旧金山的旅程。一路上他们狂喝滥饮，靠着挡道拦车，夜宿村落，完成了旅行。后来杰克·凯鲁亚克把这次行程写成了一本自传体小说《在路上》。几十年后，这本书成为向往不羁生活的中国青年的枕边书。

相对于杰克·凯鲁亚克的不羁，著名作家三毛的作品，和她远嫁撒哈拉沙漠的经历，更激起一代人对美好自由爱情的向往，以及对远方的憧憬。三毛本身是一个传奇：她的求学经历，她与荷西的爱情，以及她的旅行经历。她的故事是普通人所不能复制的。

如果继续举例的话，我还想说说余纯顺。这是一个渐渐被人遗忘的名字，虽然他的故事已经过去了二十多年，但是，在户外爱好者的眼里，这个人仍然有着不可撼动的地位。为了摆脱婚姻失败和工作失意的伤痛，余纯顺从 1988 年开始了孤身徒步全中国的旅行、探险之举，一直到 1996 年他在罗布泊悲壮遇难时，他行走了 4 万多公里，足迹遍及中国 23 个省、市、自治区，也把自己的脚从 41 码走成了 43 码。靠着徒步旅行和不断发表徒步游记，他从失意的普通市民，成了万人注目的探险英雄。其实我想说，当余纯顺决定徒步行走并踏出家门的时候，他也打破了束缚自己的牢笼，获得了心灵的解放。在生命结束的时候，他八年前的自卑已经变成了一种自负，也是这种自负，夺去了他的生命。但是，这不妨碍他是一个英雄。

每个人都有要去远方的冲动，只不过大多数人都停留在口头上。在计算得失成败之间，岁月已匆匆数年，理想之火会随着时间而慢慢熄灭，一切都还是当初的模样。剩下的，只有感慨了。

想找个远离城市的地方，开三分地，盖一间房。这么想着，这样说着，偶尔也会在日记里写下些桃源般的想象：云飘荡，鸟飞翔，树婆娑，人悠闲……近日，一对生活在近似原始森林里的 80 后夫妻爆红网络。这对来自北京的小夫妻，有房有车，也有不错的收入，也许是能清楚地看到自己十年、二十年、三十年以后的生活，他们卖了房子和车，躲进了大山和森林里，住进简陋的板房，喂鸡喂马，开始了农夫般的生活。他们选择和昨天的自己告别，选择一条和自己的朋友不一样的生活之路。

同样，2012 年，山东一个普通的家庭也做出了一件惊人之举：卖房卖车，大人辞职，小孩休学，买了一条二手航船，开始了历时 8 个月的航海生活。他们经过泰国、缅甸、马来西亚、新加坡等 6

个国家，航程超过 4000 海里，与大海和风浪做斗争，也结识了很多有着同样航海爱好的外国人，这种经历也足以让他们骄傲半生。

有时候，人生就是需要这样孤注一掷的勇气，才会看到新的风景，或者遇到新的机遇。在这个生产生活工作学习日益程式化的时代，有一点点不同的道路，都会变得艰难，甚至失去最基本的保障。对物质的贪恋，使很多人都活得很谨慎。诗人说，如果鸟的翅膀坠上了金子，它将失去自由的天空。

在物质日益丰富的生活里，一些人感慨生活中只剩下挣钱了。人摆脱物质奴役的方法，是追求活着的意义和价值，尽可能在这个世界上留下不可多见的思想，或者行为方式。然而，这种创造需要惊人的能量，并不是所有人都有这种能力。这是生命达到高层级时的火花，一种自发的需要。

城市化和工业化消解了农业文明时随性而散漫的节奏，日出而作，日落而息，已经不再可能。都市是一台机器，人类成了固定在不同位置的零件，忙碌成为很多人的生活状态。这时候，很多人开始思考如何慢下来。

只有理解了慢的意义，才能去寻找慢的方法。舒缓自己的心情，调整自己的节奏。慢，不是指速度，而是指要寻回属于我们的生活韵律，有张有弛，有高有低，让生活尽可能被自我掌握，让灵魂安居，不虚妄，不夸耀，不自责，不迷茫。

在我们感觉窒息的时候，要学会放飞身体，让心灵自由地呼吸一次，哪怕只有短短的数天或数月。生命宝贵，多多珍惜。

沉郁的德国与明朗的法兰西

19 世纪中叶的某一天,来自意大利的罗西尼、威尔第,来自波兰的肖邦,来自匈牙利的李斯特,以及来自德国的勃拉姆斯、瓦格纳,相遇在巴黎的街头。在穿巴黎城而过的塞纳河的岸边,咖啡厅里常常流淌着动听的音乐。这些来自异国的精英,在这个城市里,会常常听到对方的歌剧在某个豪华的音乐厅上演。李斯特、柏辽兹及瓦格纳,三个年龄相仿的作曲家,有时会出现在同一个沙龙上,他们常常被人称作"三驾马车",或者音乐的革命者。

19 世纪的巴黎是欧洲文艺分子最集中的城市,那是个群星璀璨的年代。无论是音乐、文学、雕塑、绘画,都达到今人无法攀越的高度。文艺是一把烈火,熊熊地燃烧着年轻人的心,他们想用自己手里的笔,探索一个光明的未来。

和文艺上的兴盛相比,法国的政治却是一直动荡不安的,从波拿巴王朝、波旁王朝到七月王朝,走马灯似的轮换。法国人民对政治是很热情的,在《马赛曲》激越的节奏声中建立一个王朝,然后又号召大家一同推翻它。

和法国自下而上式的革命不同，德国精英与贵族们在进行着自上而下的革命。溯其源头，引发文艺丰收、革命频繁的是车间里轰隆隆的机器，是那些刚刚替换掉长矛大刀的火力凶猛的钢制火炮。技术革命带来了政治革命，也推动了文艺革命。机器与火炮是推动社会进步的硬力量，而文艺是解放思想、指点方向的软力量。

今天，我们站在历史的长河之堤上，可以清楚地看到，19 世纪中叶，是欧洲各国文艺、经济和政治的分水岭。在这段虽然苦难却异常活跃的年代，有很多有意思的现象。地理位置如此接近的国家，虽然同饮一江水，却在文化上、政治观念上如此不同，比如一水之隔的德国与法国。

在法国闹得热火朝天的时候，德国却相对寂静得多了，王朝的更替更像在规划严密、步骤明确的状态下进行的。如果说法国像个热情奔放、活力四射、多言多语的姑娘，那么德国更像一个聪慧持重、眉头紧锁的青年学者。

19 世纪的德国处在社会转型的关键时期，在由封建社会（亦说是奴隶社会末期）进入资本主义社会阶段，如何适应新的社会，如何稳定新秩序，社会精英们迫切需要为民族的发展提出各种切实可行的方案，选择一条最科学、最合适的发展道路。德国贡献了占哲学界几乎一半的哲学家。

而在科技革命的烈火之下，德国人把制造业技术又推到了登峰造极的地步。直到今天，德国技术虽然算不上顶级，却是严密和精确的代名词。德国技术，让花样翻新的美国技术和善于学习与改造的日本技术难以望其项背。

同时在逻辑学和数理学方面，德国人也一直是领跑者。德国的秩序和法律，像方方正正的德国车一样，四平八稳，极具风度。

敏感时尚、热情奔放、善于制造浪漫和讲究细节，是法国人给世界的印象。巴黎，这个被称作浪漫之都的城市，几百年来一直是世界时尚中心和文艺中心。它的香水和服装，吸引着世界各国女人的目光。法国电影和法国文学也似乎沾染了浪漫的因子，没有外遇和恋情似乎就不能成篇。

19 世纪中叶的德国、法国，都处在工业革命时期，也都从封建社会进入资本主义社会。但是，两个国家的气质为什么会有如此大的差别呢？两个接壤的国家，有着对比如此鲜明的个性，是个非常有意思的事情。

法国人爱好文艺和文学，喜欢一些感性的东西，而德国人极喜思考，喜欢逻辑推理和数理；法国的作曲家喜欢作有情节而不需要固定主题和旋律的歌剧与轻音乐，而德国作曲家则擅长固定主题和旋律的交响乐等。和枯燥无味的德国文学相比，法国文学在欧洲是一枝独秀的。

这些对比说明了一个问题：两国人的思维是不同的。而思维一方面来自传统，另一方面来自思维的载体——语言。在和一个语言天才聊天之后，他说出德语与法语的不同：在西欧语系里，德语是框形结构，这种动词置后的语言，在说话人话语出口之前，每一句话都是成形的，甚至上下句的关系和逻辑都很严密；法语和英语一样，是线形结构的，语言随意，可以边说边修正后面的逻辑。

世界各国的语言是丰富多彩的，有的语言简洁明快，而有的语言冗长拖沓。语言会改变人的思维与习惯。同是英语，老派工整的英式英语与随意的美式英语，也反映了两国人的个性。

一种语言，它的结构的特殊性导致了其思维过程的特殊性，这就形成了民族思维模式，思维模式决定了思维过程，而过程对结果的影响是巨大的。换句话说，语言结构就如同一个模具，信息等东西是要让模具加工的原材料。这就解释了为什么德国人与法国人对待同样一件事情时的反应是不一样的，比如足球场上两国球迷的反应，一次政治事件中两国人民的评论。

只不过随着人口流动的速度加快，文化互渗的机会增多，各国人民互相学习的机会也增加了。就像后来，在法国的德国人也可以写出轻快的音乐，而法国人也写出了宏大的交响乐。

德国人沉郁中透着疯狂，一旦开动井然有序的制度机器，会产生惊人的力量。所以两次世界大战，这里都是战争种子萌芽的中心。德国的铁血因子，也许是随着生命的种子一直延续着的。这个国家讲规矩、讲制度，也热爱真理。但是，如果那个"真理"被不良的野心家利用了，就会给人类带来灾难。

而法国人在时尚中透着明朗，法国人的热情一直感染着世界文艺圈，他们的创造性大都用在享受生活上。因为热爱生活，喜欢晒太阳，他们少有攻击性，虽然有时候会跟在德国后面当一回跟屁虫，但是，他们还是一个很和善的民族。

耻感与罪感

又看《菊与刀》，重新找到关于耻感文化与罪感文化的那一章，细看。因为本尼迪克特把耻感文化与罪感文化作为东西方文化的一个对比坐标来进行阐述，而且深受一些社会学家的认同，所以作者也是从这个方面，开始写日本军人为什么会在战争中做出很多让美国人不理解的事情。

如果没有被打昏过去，很多日本兵就会选择切腹，而不是投降。而美国兵在面对战争大势已去的局面时，会非常痛快地投降，而且会立即通知家人自己还活着。在日本军人看来，活着被俘简直是奇耻大辱，所以日本切腹自尽的人很多。但是，如果是真心投降后，日本人会表现出另外一个样子：他们会尽职尽责地帮助美国兵去轰炸日本弹药库。

本尼迪克特认为，日本人，乃至东方人，是以耻感文化为中心的。耻感，是源于传统的力量，是来自外部的力量，是别人的目光，就是你做一件事，别人用什么样的目光来看你。那是约定俗成的，可归纳成两个字——道德，是一种外在的强制力量。道德是一个很空泛的东西，道德在自律性很强的人身上会有力量，而在一些人身上是没有任何作用的。

在以耻为主要强制力的东方，有错误的人要当众认错，甚至向神父忏悔，但是，他在忏悔之后并不会感到解脱，仍然会把错误背在身上。同时，如果他的错误和不道德行为未被别的目光发现，他就会感到庆幸，只要不良行为没有暴露在社会上，就不必懊丧。因此，耻感文化中没有坦白忏悔的习惯，他们可以认错，但不忏悔。他们有祈祷幸福的仪式，却没有忏悔赎罪的仪式。羞耻之心，产生羞耻感和认错的意愿，一般要有第三者在场，就是外在的约束力。耻感在有外人在场时才会产生，至少要犯错误的人感觉到有外人在场。

虽然闯红灯是不对的，但是因为没有被别人看见，没有被警察逮住，所以是无所谓的。受贿和偷拿别人的东西也是不对的，但只要做到天知地知，你知我知，就可以安享平安，而不必羞耻。很多羞愧之事，就是因为没有第三者，没有强制的力量，才大行其道。别人没看见，没有人知道，就可以去做。这就是耻感文化在失去约束力下的状况。

罪感，是缘于内部的力量，是一种内省，因为西方的宗教大多数持原罪说，认为人生下来就是有罪的，一生要做的事情就是赎罪。人可以通过坦白罪行而减轻内心重负。罪恶感，源于个体的内心，人要听从内心自我的约束。在这里，即使恶行未被人发觉，自己也会有罪恶感，而且这种罪恶感会因坦白忏悔而得到解脱。犯了罪的人，会用忏悔的方式去获得内心的平静。和耻感相比，罪恶感强调自律，而不是他律。在他律的力量弱小的情况下，羞耻感的程度也会减弱，别人能做，我为什么不能做？这就是整治"四乱"之后仍然乱的原因。

中国也有一句老话，叫"人在做，天在看"。在天不看的时候，是不是就可以放肆而为了呢？天是一个很虚的概念，在无神论大行其道的时候，大家都知道天就是空气。缺少监督，缺少他律，人就会变得很无耻，而无耻则无所不为，无廉则无所不贪。面对这种状况，领袖们提出以德治国，就是大家要在内心重新树立起羞耻心，社会精英也提出重建道德标准。道德标准一直就在那里，就是因为是空泛的东西，缺少惩罚，所以被无耻之徒当成了抹桌布。

民族的道德素质不是一个空话题，是一个很实在的东西。我觉得我们不是谈得多了，而是谈得太少了。如果素质都上去了，满大街也就不需要那么多电子眼和整治"四乱"的宣传台了。

我现在觉得，和罪感文化相接近的，倒是曾子所说的"吾日三省吾身：为人谋而不忠乎？与朋友交而不信乎？传不习乎？"，这才真是源于内心的检查。

父母、老师和单位领导都教导我们做人要"表里如一""人前人后一个样""领导在与不在一个样"。"表"就是有外在监督的时候的外在表现；"里"就是一个人的时候的行为，强调的是自觉。但是，何谓自觉呢？就是自律，就是内省。

帝国的建筑

1938 年 3 月 12 日是欧洲历史上一个非常令人绝望的日子——这一天，纳粹德国不费吹灰之力吞并了奥地利。下一步，他要用同样的方式占领捷克斯洛伐克。

为了挽救国家命运，捷克斯洛伐克总统埃米尔·哈查前往德国总理府拜见希特勒。但是，在哈查踏进新总理府广场的时候，他的噩梦已经开始了。

新总理府到处是悬浮的玻璃和厚重的大理石墙，大厅尽头的青铜门闪闪发光，冰冷而肃穆。在长时间的疲劳轰炸和巨大压力下，哈查突然晕了过去。

醒来后，已经完全崩溃的哈查在文件《捷克斯洛伐克投降条约》上签下自己的名字。英国建筑艺术评论家迪耶·萨迪奇说："哈查是被新总理府的气势给吓破了胆。"

一度想成为杰出建筑师的希特勒，后来成了德国总理。在御用建筑师施佩尔的主持下，希特勒开始了重新构建新柏林的梦想。几乎同时，在皮亚琴蒂尼的主持下，墨索里尼也开始在罗马的街头和广场上竖立具有"划时代"意义的作品。他们在这些高大而符号化的建筑上，无一例外地倾注着他们内心的复兴帝国的愿望和俯瞰世界的政治野心。

在伊拉克，为了纪念两伊战争的胜利，在横跨高速公路的城市入口，萨达姆竖起了著名的"胜利之剑"。这座雕塑的形状是两只巨大的青铜手臂紧握两把交叉的军刀，巴格达人称其为"巴格达的凯旋门"。当萨达姆的生命走向完结的时候，这个雕塑也开始臭名昭著。在统治者眼里，巨型"凯旋门"和"纪念碑"是彰显功勋的最直接表达方式。只是，独裁者与专制者更喜欢在广场上竖立自己的塑像。

从半地穴式的草棚开始，随着技术的进步，建筑向空中延伸的高度越来越高，样式也越来越丰富，人类对建筑艺术的追求的热情从没有降温。在建筑上，人类也赋予了太多的理想和观念。

"九层之台，起于累土。"高台，常常代表着权力。中国的皇帝们，喜欢在高台上祭祀，也喜欢在高台上建筑宫殿。每天上朝时，大臣们都在离宫殿很远处下轿或下马，步行一段路，从宫殿的最下端，一步一个台阶，走进光线幽暗的大厅，这是一个仪式，也是一个典礼。短时间的剧烈运动，有可能让年迈体弱的人大脑缺氧，心生怯懦，在开口议事之前还要先喘几口气。

因为皇宫代表着权力，所以，当一个朝代被另一个朝代替代，一群人被另一群人更替时，胜利者往往会一把火烧掉旧皇宫，以示对权威的消灭。当一个新皇宫建起来的时候，一个新的轮回也就开始了。中国极少有新皇帝住在上一代皇帝的宫殿里，这和欧洲有点不同。

　　缘于对权力的渴望，模仿和仿制开始盛行，宫殿式建筑迅速走向民间。政府机构的楼堂馆所，不但会在大门前摆个石兽，也会有意无意地安排一个寓意很明显的权力标签。在皖南，一些高大的明清宅院，大多曾经为富商和高官所有，他们在一砖一瓦和精美绝伦的"三雕"中，以隐喻和写意的方式表达着自己的愿望，也压抑着自己对权力和财富的渴望。

　　为了争夺"第一高楼"，成为城市的第一高度，很多城市的摩天大楼如树林般密集。众多的摩天大楼遮天蔽日，让行走在阴影中的行人暗暗膜拜科技的力量，也暗生对财富的敬畏。在这个财富至上的年代，玩不了雕龙画凤，也不好弄一身黄袍装神弄鬼，不是所有人都可以把自己做成雕像，所以，更多的大佬只好造一幢摩天楼来玩玩。

枭雄出乡关

公元 1862 年，安庆。

天刚亮，6500 名淮军将士已列队完毕，整装待发。

39 岁的李鸿章按捺不住内心的兴奋——他将作为统帅，带领这支才组建两个月的军队，去增援被太平军围困成孤岛的上海。

对于摩拳擦掌的将士来说，上海是一场前途未卜的赌局，他们能押上的赌注，只有自己的生命。

迎接他们的第一个挑战，是要秘密通过长江岸边由太平军重重把守的南京，如果暴露，他们将沉尸江底。

这支以"淮"字命名的军队，官兵大部分来自江淮地区，其中合肥西乡"三山"的将领最多。

三山，是指周公山、大潜山和紫蓬山。今天的紫蓬山，泛指方圆近百平方公里内的一百多座大大小小的山，在地理板块上，属于大别山向东延伸的余脉。这里地处江淮分水岭，冈峦起伏，森林茂密。

一百六十多年前，在丘陵与矮山之间，曾经杂陈着大大小小数百个圩堡，成为紫蓬山地区最显眼的建筑。

在圩堡与村寨里生活的是团练的首领与他们的团勇。后来，我们知道这里出了数百个总兵、参将以上的淮军将领。淮军二号人物张树声做过两江总督、两广总督以及江苏巡抚，刘铭传成了台湾首任巡抚。

今天，在紫蓬山风景区通往山顶的山道两旁，竖立着一组组淮军将领雕像，时刻提醒着游客，这里是他们的老家，这里是淮军的摇篮。

一

一百六十年前的中国内外交困。

一百六十多年前的紫蓬山并不太平。

因为政府腐败和自然灾害，为了活下去，朴实的百姓扛起了刀枪，或落草为寇成为打家劫舍的土匪，或结伴团练，或参加太平天国的军队。团练是晚清那一特定历史时期的特定武装组织，一部分是由政府支持、官方资助的，可以称官团；一部分是民间以维护治安、保境安民的名义办的，叫民团。

地处中国南北交界的合肥，地势平坦，历来是兵家必争之地，晚清成了兵、匪、发、捻混战的地方。

兵是清兵，匪是土匪，发是太平军，捻是捻军，都在这一带活动，乱作一团。

19 世纪中叶，郁郁葱葱的山林里兴起团练的高潮，"贼来则挡贼，贼去则互攻"，为了抢地盘和粮食，各团练之间也互相攻杀，抢来抢去。

凶猛彪悍，争勇好斗，打起仗来不惜命。太平天国最能打的一位将领——英王陈玉成告诫部下：勿犯西乡三山。西乡三山的团练头子个个都不好惹。

二

父亲病故，大哥、二哥相继早逝，家道中落，出生于大潜山下的刘铭传，在少年时就尝尽了人间的悲苦。

为了补贴家用，11 岁时，刘铭传就开始跟着同乡，靠贩卖私盐补贴家用。

在清朝，贩卖私盐属于违法犯罪，轻者坐牢，重者掉脑袋。刘铭传有冒险精神，他从小就不怕死。

在饥寒交迫中生存，生命不断降低原有的尊严与高度。

一天，刘铭传母亲被上门收费的土豪欺凌羞辱。闻讯赶来的刘铭传大骂土豪的恶行，趁其不备，夺取佩刀，在众人的惊呼声中，砍下土豪的头颅。

杀人是重罪，被逼到绝境的刘铭传和其族侄刘盛藻，在大潜山下筑寨扎营，拉起了自己的团练队伍。这一年刘铭传 18 岁。

今天，这个年纪的孩子大多还过着衣来伸手、饭来张口的生活。

段佩是刘铭传贩私盐的好友，刘铭传办团练时，他也办起了团练。1862 年，在增援上海的队伍里，他又成了刘铭传的铭字营马队管带。

段佩后来官至记名总兵，相当于今天的军级干部。

段佩的长孙也喜欢操刀弄棒，段佩一直把他带在身边，亲自教授他习武读书。

段佩的长孙，就是后来四任中华民国总理的段祺瑞。

在官与匪的夹缝中生存，不是长久之计。刘铭传联合了几个寨主，准备歃血为盟，一起加入太平军。然而在举行祭旗仪式的时候，一阵狂风刮断了旗杆。

刘铭传的族侄刘盛藻说，旗杆断了不吉利，同时又传来太平天国内讧的消息，投靠太平军的事只好作罢。

如果祭旗的那天没刮大风，刘铭传的人生，或许是另一种写法。

三

1855 年 2 月 12 日，这一天对于紫蓬山下 25 岁的周盛波来说，是个黑暗的日子。

当周盛波率领团勇与太平军作战时，太平军却乘虚而入偷袭了他的大本营，周家几十口人惨死在刀枪之下，几乎灭门。

靠着几十亩薄田，家住肥西大柏店周老家郢的周氏六兄弟，半耕半读，日子虽不富裕，可也算衣食无忧。但是，厄运从天而降，改变了一家人的生活轨迹。

邻村的地头蛇看上了周家的田地，带了一队人马冲进周家的宅院，周氏兄弟拼死格斗，冲出重围，逃到紫蓬山下的罗坝圩，寄居在族长周方策家里，过着寄人篱下的生活。

屋漏偏逢连夜雨。恰逢大旱，庄稼颗粒无收，全家人断炊挨饿，周盛传只好去找未婚妻袁氏的娘家商量，将定了亲还没过门的未婚妻典给有钱人家，换些钱粮，渡过难关。

这是周盛传人生中最痛苦的经历，典妻是当地风俗，很残酷，也很无奈。后来他当了官，又花钱把未婚妻赎了回来。

有家不能归，有仇不能报，吃了上顿没下顿。族长周方策看到周家六兄弟愁眉不展的样子，提议由他出资，周家兄弟出力，招募当地穷苦农民入伍，以保境安民的名义，办起武装团练。周氏团练由老三周盛华任头领，其他兄弟辅助。

周盛波、周盛传领兵，配合官府去攻打驻扎在肥西上派的太平军；周盛华因患眼疾，带领50多个团勇，驻守罗坝圩团练大本营。

面对太平军的偷袭，周盛华率领团勇和家眷全力血战，但终因寡不敌众，周盛华与部下全部战死，几乎灭门。

罗坝圩一战，周氏兄弟损兵折将，赔光了本钱。

周方策说，现在更不能放弃了，既要报仇雪恨，又要武力自保，还得继续干下去。

兄死弟继，重整旗鼓，排行老四的周盛波接任了罗坝圩团练的首领。周盛波兄弟六人，四人战死沙场。将军踏着士兵的血走向了高处，有时候，被踩着的尸体，可能就是自己的亲兄弟。

虽然距离很近，但天津话与北京话差异明显。研究者发现，天津话的发音和词汇，受江淮一带的方言的影响很大。

把江淮方言带到天津的主要是两拨安徽人。

1404 年，永乐皇帝朱棣将直沽改名为天津，筑城设卫。1421 年，明朝迁都后，永乐皇帝从安徽调亲兵护卫北京，官兵和其家属，建设了天津这座城市最初的村庄和集镇。

1871 年，天津教案的余震还没散去，西方列强的炮舰仍然像幽灵一样，游弋在中国军港的外面。

为了加强天津海防，防止敌舰突然袭击，刚任直隶总督兼北洋通商大臣不久，李鸿章就檄调淮军周盛波与周盛传所带领的盛军12000 余人，驻守天津青县马厂。

盛军，从此开始了长达二十五年的边防警备与基础建设。

盛军留在天津的，不仅仅有著名的"小站稻"，还有一些尚武的习惯，和来自故乡的方言。至今，天津小站镇还有"传字营村""铭字营村"，村名纪念着逝去的岁月。而天津市津南区小站镇会馆村的两座周氏兄弟的纪念祠堂，则寄托了后人的怀念。

四

1863 年，在浙江余杭，太平军与清军发生了一场激战，战斗以太平军的失败结束，守将袁宏谟下落不明。

没过多久，在紫蓬山破败的西庐寺里，多了一个法名通元的和尚。

很快，有人认出这个衣衫褴褛、经常在村里讨饭的和尚，就是袁宏谟。

袁宏谟，紫蓬山北麓农兴乡袁圩人，出身贫苦，当年周盛传一家为了活命典卖出去的袁氏未婚妻，正是袁宏谟的亲妹妹。

袁宏谟魁梧高大，为人刚正，好打抱不平，尤其痛恨清政府的腐败与社会的黑暗。在一次失手杀人之后，他开始仗剑江湖。和妹夫周盛传投身淮军不同，袁宏谟投靠了太平军，成了李秀成的部下。

吴秉权，肥西吴大圩人。和袁宏谟一样，晚清咸丰年间太平军转战肥西时，他也投了太平军李秀成部，以战功授将军。1863 年，他在浙江屿城率部投入淮军潘鼎新部，转身与太平军作战。攻陷湖州后，获知府衔。后随李鸿章在湖北、山东、河北等地镇压捻军，授道员衔。

太平军攻下安庆后奔袭庐州，抵达肥西境内时，又有不少农民主动参加起义军，除了吴秉权、袁宏谟，比较知名的还有马千禄、董大义等。当然，他们所在的太平军也遇到肥西团练武装的顽强抵抗。老乡打老乡，下手一样狠。

团练武装在对抗太平军、捻军时，往往互相呼应、互相帮助，但他们彼此之间也往往为了各自的利益而进行火并厮杀，互争雄长。解先亮的团练就和张树声、刘铭传、周盛传、周盛波、董凤高等人的团练有宿怨，彼此经常发生冲突。

冲突的原因很好理解——争地盘，抢粮食。

五

和曾经想投靠太平军的刘铭传不同，家住周公山下、廪生出身的张树声，一直是政府利益的坚定维护者。

在父亲张荫谷的带领下，张树声兄弟九人早早就办起了团练。张荫谷与李鸿章的父亲李文安、另一个淮军将领吴长庆的父亲吴廷香，都有很深的交情。

一天，张树声把周盛波和刘铭传请到家中，一起商讨出路。酒过三巡，众人便歃血为盟，结为兄弟。

湘军驻扎在安庆，与太平军激战正酣。张树声提笔给曾国藩的幕僚李鸿章写了一封信，表明了西乡团练效力湘军的决心。

1861 年冬，安庆，上海官绅的代表钱鼎铭扑倒在新任两江总督曾国藩脚下，像个女人一样哭了一天一夜，央求他派湘军解救被太平军围困成孤岛的上海。

但曾国藩实在无兵可派，踯躅不定的时候，李鸿章向曾国藩提到了张树声。

曾国藩让李鸿章复函，让张树声带刘铭传、周盛波等人到安庆见面。张树声接到李鸿章的信，立即联合紫蓬山地区各团练头目，前往安庆。

张树声在紫蓬山地区很有号召力，由于他的奔波劝说和积极倡导，淮军的组建、招募变得比较顺利。张树声是淮军最初的实际组建者或联络召集人。

六

1862 年 6 月 17 日，上海，天降大雨。

1862 年春节的暴雪和夏天的瘟疫，不断响起的枪炮声，蜂拥而至的难民，使这座城成了人间地狱。

到达上海两个多月后，淮军迎来了决定生死的虹桥之战。

战斗持续了三天，围困上海的李秀成部突然撤退了。

这是淮军到达上海后的首秀，这支被上海人称作"叫花子兵"的部队，以凶猛强悍的作战风格和谋新求变的精神，登上了历史的舞台。

在李鸿章和淮军将领们痛饮庆功酒的那一刻，属于西乡紫蓬山的辉煌也悄悄拉开了帷幕。当年从安庆码头出发的团练头目，开始了升官加爵的人生旅程。一代枭雄，在若干年后成了各地的巡抚或提督，荣华一生。

治水与治国

有人说，五十年后，人类发动战争是为了抢夺水资源，而不是石油。石油是能源，是经济命脉，而水是生命之源。夺水之战，会更惨烈和无情。

从刀耕火种到电子化生活，技术的飞跃让人类享受到"地球村"的便捷和快感。豪华享受是建立在消耗更多资源的基础上的。积累亿万年的石油，几乎要在两百年后用光。这是个疯狂掠夺的年代。科技和更多资源支撑起来的现代化，会走向何方？

这个问题，在氏族部落的年代肯定不存在。从"天下为公"的大同之世，进入"天下为家"的小康之世，就是从原始社会进入阶级社会。在阶级产生之前，群居的人类过着大同生活。在统治者出现之后，阶级出现，一群人对另一群人的管理开始了。说是少数人为绝大多数人服务，这种谎言已经破灭了。从来都是一只狮子追着一群羊，没见过一群狮子给一只羊按摩的。

阶级的产生是人类历史的一个大的转变与进步，诞生了权力和国家，也诞生了秩序。对利益的争夺使群体开始分类，并进入有组织的状态。在专门的暴力机构——军队和监狱产生后，政权的建设就更加完整了。

　　第一个提出对国家进行综合治理的人大约是禹。这个以治水闻名的帝王，可能是最早的水利工程师了。《论语·泰伯》中说禹"尽力乎沟洫"，就是说他竭尽全力开沟挖渠，筑坝拦水。治水的目的，是安民、治理生产环境。"仓廪实而知礼节"，吃饱穿暖的百姓，就不会去揭竿而起闹起义了。

　　金、木、水、火、土五元素，水是农业生产极其珍贵的元素之一。依水而居，最初的居民都住在水边。水里的鱼虾，岸上的果实，都是果腹的食物。水是航道，可以使人到更远的地方。落英缤纷的河岸和谷物飘香的田野，都给予生命最完美的呵护。

　　只是水也有水的生命。当它暴怒的时候，它就会夺去人的生命。治水，成为每一个新获得政权的统治者最初的任务。他要以这种方式宣告一个时代的开始，也借此理顺国家的治理纲要，开始租庸调制的规划，也开始验证权力的轻重。治水的过程，是巩固权力、分配利益的过程。很多河流，成了诸侯国或王朝的分界线。这种分界方式一直延续到现在，抢到河流，就是抢到了财富。

　　因为需要对一条河进行统一的规划，禹在治水的过程中，也渐渐完成了一个国家的规划。他把大大小小的部落的首领召集到涂山一起开会，谈一谈水利建设的重要意义和大家合作的重要性，于是群情激昂的各部落首领都主动团结到禹的旗帜下，为了共同的治水目标，接受禹的领导和统一指挥。涂山之会，不仅是治水的协调工作会，而且是国家进入文明的标志。

中华人民共和国成立之前的两千年间，中国有过三次大一统——秦汉、唐朝和元明清，也带来三次最著名的水利兴修高潮，留下很多知名的人工河流和水利工程。治水，也是大一统的一部分。大一统又促进了文化、经济的发展和民族融合，强大了国力。治水，有百利而无一害啊！

国家的意义不仅仅是疆域，更多的是一种由共同的信仰、共同的理念与价值观、共同的利益与文化结合成的团体。这样的国家才会有旺盛的生命力。只是，在不断分配与再分配利益的过程中，会产生更多的矛盾。当一部分人的贪欲强盛，而且用很少的成本就可以强取另一部分人的利益时，矛盾便会产生，矛盾不可调和的时候，起义与战争便会爆发。

战争的力量会毁灭一片土地，也会使一片土地重生。很多时候，一条河决定了一场战争的胜负，这条河也就成了疆界的一部分。因为一条河的对岸是敌人，这时候对这条界河的整体治理就成了非常困难的事情。以邻为壑，还是与邻共荣，考验统治者的智慧。水也是一种文明的纽带，河流也是传播文明的血脉。大河上下说一种语言，或者有共同的生活方式和信仰的很多，比如尼罗河、恒河，或者湄公河流域。河是地球之血，路是地球之络。

为了让洪水流向对岸，很多时候，大家都会拼命筑高自己这方的堤岸，而在枯水期，会拼命把水引来。一条河的生态，会被严重破坏。这种矛盾，到现在并没有统一解决，每一条河上都有成千上万个桥坝、涵闸、水库。水，成了被利用和抢夺的对象。出于技术的原因，现在的抢夺更趋激烈，而且变得明目张胆，甚至更无耻。

一场洪水到来，就能看出利益争夺的激烈程度。

封建社会是大地主统治小地主，小地主奴役百姓，利益的分割造成不同团体内部和团体之间的矛盾。表现在治水上，就是对一项由最高统帅号召的政治任务的热情程度，这在很多水利工程上都有表现。事实上，很多时候，民众与领导者在利益上并不能达成一致。被发往渔阳戍边的一群民工，在大泽乡遇雨受阻，在雨水和泪水中揭竿而起。水深火热，几乎被苦难溺毙的百姓，会在最后时刻选择飞蛾扑火式的抗争。

获得胜利的领导者，一把火烧毁前朝的宫殿，并理所当然地继承前朝的王妃和美女。这一切，都是一个循环。在一种更加健康和现代的制度建立起来之前，历史只能在这种低级的更替中前进。一直到现在，这种更替仍在世界上的一些国家进行。

水在战场上是杀人武器。以水为兵的时候，死伤的更多的是百姓，而不是敌兵。"兴，百姓苦；亡，百姓苦。"一些统治者在进行政权建设时，是考虑不到占国家人口绝大多数的百姓的。在政权不受威胁的年代，他们更多考虑的是自己的私利。政权不受威胁的年代，便是太平盛世。事实上，太平盛世大都是风调雨顺的年代，也就是粮食丰收，黎民百姓有吃有穿。水，仍然是很重要的原因。如果水大过一定的量，造成灾难，天下饥民成阵，那么，执政者就要有不小的麻烦了。载舟覆舟皆源于看似无形的水。

水，是自然的元素、生命的依托。管仲曾说："水者，何也？万物之本原也，诸生之宗室也。"水无形，却真切地影响着历史和人类每一天。

人类一直把水看成是资源，而不是与其共生的另一种生命，缺少尊重。未来，这一课会补上，当然，会以非常惨烈的方式。

美酒精神

美酒，是一种饮料。美酒精神，就是一种信仰。

发明酒的人，肯定被这种散发着强烈气味的液体震惊过，也可能迷恋过。同样是饮料，在日常饮品中，酒被赋予的内涵最多。而且，酒和文化的渊源最深。茶、奶、药、酒、烟，但称得上世界性文化的只有酒。对于男人来说，很多人可能一生都不怎么喝奶、抽烟，但酒肯定是碰过的。

酒产自粮食，粮食是大地精华，是阳光、雨露、空气、温度结合的产物。每一滴酒里面，都有自然的因子。酒借水之形，游走于人的体内，扩张血管，强壮精神。

一杯水酒，借助人的身体，可以彰显它的烈度和它的威力。有一些人，几杯酒下肚，身体发烫，血脉偾张，神志不清。酒是无影的王，它能轻易主宰一个肉体，掠夺他的尊严，让他迷狂，让他爆发，也或者让他萎靡。

酒是通达之物，喝到八成的量，一种快感自心底而起，思维很活跃，好像一瞬间身体的所有门路被打通，畅快而轻松。但是，这种快感是伴随着痛苦的——身体发烧，四肢酸软。但医学上说，这叫酒精中毒前兆。快感与痛苦，神与魔，就隔着一道门。

酒色之徒，在历史上一直和吊儿郎当、没事调戏良家妇女的流氓联系在一起。有为的青年一般都会远离酒色，做个废寝忘食、兢兢业业的工作狂。可是，没有酒的人生，就像白开水，也许会淡了一些。而好的酒鬼和酒徒，也因好饮和能饮，在历史上留下了佳话和美名。"古来圣贤皆寂寞，惟有饮者留其名"，经常喝得烂醉如泥的李白，在酒精的作用下写下千古名篇。这个可爱的酒鬼，从风沙猎猎的大漠喝到了小桥流水的江南，从勾栏瓦舍喝到了锦衣玉食的皇宫，游历人间美景，尝遍人间琼浆玉液。这是一种狂放与不羁，在酒中寻觅人生的海市蜃楼。

如果说李白是唐朝美酒第一形象代言人，那么好酒又狎妓的苏轼，则是宋代酒色之徒的第一代言人。传承李白的风范，苏轼关于饮酒的思考更上一个台阶。苏轼留下很多关于酒的诗词，他写酒席间狷狂的宾客，写娴静的歌女，写士林的觞饮风貌，记载文人的酒话和酒席间的趣事。和李白关注内心的自我感觉不同，苏轼更像是一个在酒席间佯醉的偷窥者，当别人烂醉如泥，疯子一样胡言乱语的时候，他偷偷打开心灵的照相机，偷拍或者记录。

长苏轼30岁的欧阳修，爱好和苏轼的很像：迷恋官妓，贪杯好酒。如果不好酒，估计就无《醉翁亭记》了。和阳光、强壮的唐朝不同，宋朝在中国历史上，总是给人一种阴柔、凄美、哀怨之感。

宋代的欧阳修和苏轼，如果从纯粹意义的文人上说，他们就是花花公子、泡妞、喝烂酒，这种生活方式的支撑点是庄子式的逍遥派、不计祸福、安贫守贱、恬淡自适，本质是颜回式的以苦为乐。被儒、道主宰了数千年的中国人，走不出这两种思想的交集，所以，苏轼的酒诗又调和儒、道思想，体现了中国文化传统的和乐。

沐风而歌、放任山水的一代，因为酒，留下了关于酒的诗篇，更留下了一个朝代文人的生活方式。

江河水质甘美，两岸庄稼旺盛，黄河、淮河和赤水两岸，自古就是美酒佳酿的产地。三国枭雄曹操在历史的册页中虽然形象多面、影子模糊，但是，他的一句"何以解忧？唯有杜康"，不但为杜康酒做了最好的广告，也开借酒浇愁的先河。作为名震中原的大地主，曹操想从小地主手里盘下更多的地盘，他一生征战，杀人，也痛惜生命。如果是一个无情者，他就不会留下"铠甲生虮虱，万姓以死亡。白骨露于野，千里无鸡鸣。生民百遗一，念之断人肠"的慨叹。至少，这个喜欢饮酒的军事家不是嗜血者，横槊赋诗的气魄，不是一般酒徒所拥有的。

同属淮河流域的涡水和沙颍河岸边，魏末乱世，那个中国政治上最黑暗、最混乱，人民最痛苦的时代，面对杀机四伏、变幻莫测的社会人生现象，为了求得生命的安全，出现了一个非常有名的"组合"，叫竹林七贤，七个人，于竹林间赋诗纵饮、抚琴酣歌。轻狂背后的沉重，欢颜背后的心酸，又怎敌时世的苍凉？这种表面的欢乐，又何尝不是酒里带着泪的佯狂？这种笑，比哭让人心酸一千倍。

虽然后来每逢乱世，也会有潇洒纵逸的隐士，以隐避世，但是，又有几人能身心俱隐，身醉心亦醉呢？以酒遮泪，也许只有魏晋这群长歌当哭的人。

《世说新语·容止》中，作为竹林之游的领袖人物，嵇康醉酒不像刘伶、阮籍那样放浪形骸，而是如"玉山之将崩"。外表俊朗、风度飘然的嵇康清楚地知道，用酒精麻痹神经，用醉酒逃避现实只能是短暂的，喝醉了酒后终究还是要醒来的。所以，饮酒并不是彻底解脱的办法。清醒的时候，他还是非常注重养生的。

只是，当司马昭把最后一根稻草压在嵇康身上的时候，他断然选择裂琴断弦，从容赴死，以死完成了一生最华丽的篇章。酒与热血在挥洒进尘土的瞬间，酒借人的精神，升华成一个民族关于勇气与气度的图腾。

"葡萄美酒夜光杯，欲饮琵琶马上催。醉卧沙场君莫笑，古来征战几人回？"在王翰的这首边塞诗中，血红的葡萄酒与血腥的战场，演绎成了一幅刺眼的画，这种诗意，是一种悲凉，更是一种精神——置生死于度外的勇士风度。

历史在风尘中翻页，一代代地过去，子子孙孙无穷匮也，只是当初的铮铮铁骨被酒色财气泡酥了，那些挺立的男人，成了发黄的记忆，模糊而遥远。

这个时代，有美酒，有温柔乡，有锦衣玉食，有肥美性感的身体，独独没有慷慨而壮怀激烈的好诗、视权贵如粪土的风度。耳边又起靡靡之音，这个时代很温柔和驯服。

美酒精神，在前朝的某一个夜晚，一批汉子饮完人生最后一碗断魂酒，粗瓷大碗砰砰碎裂之后，就成了绝响。

西行，东渡

一

写这篇文章的念头，几年前就有了。

2012 年，读到日本和尚成寻的《参天台五台山记》，里面有日记，描写了宋代运河干线汴河上各色人的生活，像打开了一扇朝向九百多年前北宋民间生活的窗口。这本书我常读常新，每次都会有一些发现。

后来，读到另一位日本和尚圆仁写的《入唐求法巡礼行记》，同样来中国求佛法，同样写了游记。圆仁的《入唐求法巡礼行记》，与玄奘的《大唐西域记》、马可·波罗的《马可·波罗游记》并称为世界三大旅行记。

《大唐西域记》写玄奘西行中在各国的见闻，对于研究唐代西域状况和更远的印度佛教文明，有一定的价值。

其实，我除了关注玄奘、鉴真、圆仁和成寻弘法求法的理想，也对那个时代的市井生活感兴趣，尤其是淮河流域的城市生活与见闻。

一千多年前的冒险行为，在今天已经非常平常。四位僧人的冒险精神与对理想的执着追求，常常在我脑海里叠映。这是写这篇文章的由来。

二

2011年上映的纪录片《玄奘之路》，让一个被写进中小学历史教科书的僧人，再次回到人们的视野。说玄奘可能很多人不熟悉，但是，《西游记》中的唐僧可谓妇孺皆知了。是的，成书于明朝的《西游记》中的唐僧，就是以玄奘为原型的。

《西游记》里的唐僧带着三个非人非兽的徒弟去西方净土取经，历经九九八十一难，最后圆满成功，胜利归来。和玄奘相比，文学作品里的唐僧所受的磨难少了许多。

唐太宗贞观元年（627年）八月，28岁的玄奘与僧人孝达结伴西行。其实，玄奘此次的出行并没有得到皇帝的允许，属于"偷渡"。他在出发前曾向皇帝上书，请求西行，被拒绝了。

对于即将前往的西方，玄奘知之甚少。在翻越大漠雪山，穿过城堡森林，历经劫匪兵患，九死一生之后，他才知道此行的艰难。无论如何，他还是抵达了心中的圣地——那烂陀，这里高僧云集，是当时的佛教中心。

十九年时间，一百一十个国家，五万里行程，玄奘西行，既宣扬了佛法，也一路展示了他过人的智慧和才能。公元645年，已经名满天下的玄奘，带着从西域获得的经卷回到长安（今陕西西安）。和去时不同，他受到了整个国家的欢迎，皇帝站在城门外亲自迎接他回来。

　　唐太宗除了看重玄奘的满腹理论，更看重的是他对西域边关要塞的地理、气候的熟悉程度，这些是获取战争胜利的要素，所以，唐太宗力劝玄奘还俗，到朝廷中做官。但是，玄奘拒绝了。为了逃避来自皇帝的压力，玄奘多次离开长安，请求回少林寺翻译佛经，潜心佛学，弘扬佛法。

　　西域归来，玄奘在生命余下的二十年时间里，在助手们的帮助下，共译出佛教经论74部，1335卷，每卷万字左右，合计约1335万字，无论是数量还是质量，这些经卷都成了翻译史上的典范。

　　公元648年，唐太宗在《大唐三藏圣教序》中敕封玄奘为佛门领袖，第一次表达了对佛教的支持态度。这一年，佛教开始复苏，大唐也达到了鼎盛。

　　公元652年，在唐高宗的支持下，大慈恩寺营建了著名的大雁塔，用来保存玄奘取自印度的经卷和佛像。

　　唐高宗麟德元年（664年）二月五日夜晚，玄奘安详地离开人世。这一年，他65岁。一千多年过去了，玄奘西行的故事成为中国古典文学创作的一大题材，玄奘被虚构成神话人物，他的真实事迹却渐渐湮没在虚构夸张的传说中了。

三

玄奘去世二十四年后，鉴真出生了。

鉴真出生于广陵江阳（今江苏扬州），因为家境清贫，14岁时随父亲在扬州大云寺出家。因为聪慧，25岁时，他已成为扬州大明寺住持。因为隋唐大运河的开通，此时的扬州是淮河进入江南的重要门户，这里云集了南来北往的客商，众多的日本遣唐使和留学僧人也多从此处乘船南上北下。

唐天宝元年（742年），鉴真和他的弟子祥彦、道兴等接受日本留学僧人的邀请，开始第一次东渡。此后十年他又四次入海，均未成功。第五次东渡失败后，鉴真双目失明，他的大弟子祥彦去世，邀请他的日本僧人也病故了。他想到玄奘西行的辉煌，以为这是佛祖的旨意，准备放弃了。

同时，唐朝对出国限制很严，没有朝廷同意而私自出境，将受到法律制裁。鉴真虽然深知航海的危险、朝廷律令的威严，但态度非常坚决，他要再试一次。

唐天宝十二载（753年）十一月十五日，鉴真率弟子40余人第六次启程渡海，同年在日本萨秋妻屋浦（今鹿儿岛大字秋月浦）登岸，经太宰府、大阪等地，于次年入日本首都平城京（今日本奈良），受到日本朝野僧俗的欢迎。

鉴真东渡历时十二载，六次启行，五次失败，先后有36人死于船祸和伤病，200余人退出东渡行列。与玄奘历经戈壁、雪山、大漠相比，鉴真在大海上的遭遇，同样九死一生。

当年和鉴真一起出发，乘另一艘大船的遣唐使藤原清河遇到风浪，所乘之船被风吹到了南方的越南，结果与当地人发生冲突，船员大半在冲突中丧生，生还的日本人又历经磨难，返回了长安。

这群日本人中，有一个后来变得非常有名，就是李白、王维诗中提到过的阿倍仲麻吕，他的中国名字叫晁衡，后来在唐朝政府里做了官。

严格说来，鉴真去日本的时机并不太好。彼时，因为寺院僧人可以免除徭役和赋税，加上戒律并不严格，很多人把进入寺院当作逃避赋税的渠道，天皇希望鉴真的到来能帮助他减少僧人的数量，这恰与鉴真弘法的意愿相反。不得已，鉴真只好放弃天皇为他打造的寺院，在日本奈良郊区创建唐招提寺。

鉴真从中国带到日本的不仅有佛经，还有中医技术。虽然双目失明，但他仍然热忱地为患者治病，通过试药，纠正了日本医典的一些错误，在日本医药界享有崇高的威望。

唐广德元年（763 年）六月二十五日，鉴真在唐招提寺圆寂，火化埋骨于日本，终年 76 岁。次年八月，朝廷特派遣使臣到扬州各寺报丧，扬州僧众穿丧服于龙兴寺朝东举哀三日，以示对德高望重的高僧的追思。

四

从师承上来说，出生于公元 794 年的圆仁，算是鉴真的四世弟子。

当年鉴真和尚到达日本后，曾为 80 余名日本高僧重新传戒，其中就有大慈寺二世祖道忠和尚。而圆仁的师父广智则是道忠的继任者，被称为大慈寺的三世祖。

圆仁幼年丧父，受到中国文化和佛教气息的熏陶，少年时便在大慈寺名僧广智门下落发为僧，20 岁便取得了天台宗佛学研究的高级学位，不满 30 岁时就已经开坛弘法，到处讲学。所以，在入唐求法巡礼之前，他已经是日本国内一位知名的高僧。

唐开成三年（838 年），圆仁 45 岁，奉命随日本第十八次遣唐使西渡入唐。同样，渡海受天气影响极大，十八次遣唐，实际成行的只有十三次，圆仁入唐，便是跟随最后一批遣唐使。

海上艰险，此次圆仁一行乘坐四艘船，共有遣唐人员 650 余人，因为遇到风浪，三号船不幸沉没，140 多人葬身海底。圆仁乘坐的是一号船，颠簸十天之后，平安到达淮南道扬州府海陵县（今江苏泰州）。

经淮南节度使李德裕奏报朝廷，只有少数人获准前去长安，其他人则留在原地待命。圆仁便在扬州开元寺求法，他要求去巡礼天台山的申请也未被批准，只得于公元 839 年随遣唐使从扬州踏上返日归途。

当舟泊海州（今江苏连云港）时，圆仁偕弟子惟正偷偷下船上岸，不幸的是，他们很快被海州官府察觉，又被护送登上遣唐使团的二号船。当船抵达登州（今属山东）时，圆仁再次偷偷离船登岸，投入文登县（今山东威海文登区）法华院躲避官府的追查。

圆仁情文并茂地向政府具书，再次申请巡礼五台山圣地。平卢节度使为其真挚热情所感动，圆仁终于获准巡礼五台山。

公元 840 年 4 月，圆仁率弟子从登州出发，经青州、淄州、齐州、德州（今属山东），以及贝州、冀州（今属河北）等地，徒步跋涉四十四天，行程两千九百九十多里，终于抵达五台山。这一行程，被完整地记录在他后来的著作《入唐求法巡礼行记》中。

圆仁在五台山逗留五十余日后，于同年 8 月抵达唐都长安，寻访众多名寺，并得到多种经书和佛教道具。

不幸很快来临，公元 843 年，唐武宗实行灭佛政策，毁寺驱僧。身在长安的圆仁被命令还俗，离开长安。因为被迫还俗，圆仁不得不蓄发，并脱去袈裟。他把僧服卷成长条藏于包袱里，系于胸前，时刻提醒自己是个僧人。

公元 847 年，圆仁携经疏传记 585 部 794 卷及法物多种，搭乘新罗商船回到日本。他以比睿山为中心开展弘法事业，次年被授予传灯大师法位。公元 864 年，71 岁的圆仁圆寂于日本京都的延历寺。

圆仁行走唐朝十年，客居长安六载，写下的《入唐求法巡礼行记》，成为研究唐代历史、社会、宗教和中日交流的重要资料。

五

最后一个出场的是成寻。

成寻，俗姓藤，生于 1011 年，日本三条天皇宽弘八年，中国宋真宗大中祥符四年。虽然出身于官僚家庭，成寻走的却不是寻常路，他7岁就已经出家。在传承上，他也是日本天台宗弟子。

宋神宗熙宁五年（1072年）三月十五日，成寻等一行自日本松浦郡壁岛登上中国商船，《参天台五台山记》也就从这一天开始写起。

北宋年间，中日关系冷淡，两国政府没有往来，成寻是在未经政府正式批准的情况下，私自登上中国商人的商船，偷渡去中国的。在出发前，为了躲避岸上人员的搜查，他在阴暗的船舱里小心翼翼地闷了好多天。

虽然是偷渡人员，成寻在踏上中国领土后的行程却意想不到地顺利。他不但受到地方官员的接待，宋神宗还特别指示，让沿途地方官给他特别的照顾。

和当年前往印度的玄奘法师一样，成寻也是偷渡人员，玄奘到印度是为了学习佛法，成寻是为了参拜心目中的两处圣山：五台山和天台山。

登上了向往已久的天台山之后，成寻又如愿巡礼了五台山等地。完成巡礼后，宋熙宁六年（1073年），成寻弟子赖缘、快宗、惟观、心贤等5人归国，携回400多卷佛经典籍。宋神宗托其带回《回赐日本国书》，并赠予金泥《法华经》。

成寻受到宋朝的优待，被挽留在中国。九年之后，宋元丰四年（1081年），成寻圆寂于河南开封开宝寺，后葬于天台山国清寺院，寺院建塔题称"日本善慧国师之塔"。

与圆仁的《入唐求法巡礼行记》相比，成寻的《参天台五台山记》知道的人甚少。但是，成寻的这本书成了研究宋代中日关系及宋代社会各个领域的重要史料，书中记述了途中所经之岛的名字、气象，各州府的距离，北宋民间的风俗人情、食物及手工艺品等的发展水平。所以，这本书应该与《大唐西域记》《入唐求法巡礼行记》《马可·波罗游记》并列为四大游记。

这位来自日本的旅行者兴致勃勃地记载了日常琐碎事项：每天走了多少里路，吃了什么食物，饮食用的什么样的器皿，运河上的船都装了哪些货物，每天都见到哪些人，参拜了哪一座寺，到哪里洗澡，乘坐了什么样的轿子，等等。

有一段，成寻写到了"兔儿马"。他写道："见兔儿马二匹，一匹负物，一匹人乘。马大如日本二岁小马，高仅三尺许，长四尺许，耳长八寸许，似兔耳形。"成寻眼里的"兔儿马"其实是驴，可见当时日本是没有驴的，而且在北宋，马是稀缺战备资源，只有贵族和皇宫才允许使用。

《东京梦华录》记载的是北宋末年的汴梁，成寻书里所写到的，却是北宋最繁华的时刻，无论是寺院、勾栏瓦舍，还是皇宫与民舍，在他眼里都极尽奢华。河流内遍布船只，道路上都是车马，汴河里停泊着不可计数的大船。

唐宋大运河沿线，伴河而生很多繁华的都市。但是，随着宋金对峙，汴河淤积消失，一批曾享有盛名的城市，在王朝的更替里变得默默无闻。好在我们还能从《参天台五台山记》等的文字里寻到一些细枝末节。

六

　　总会有人为理想奋不顾身，也总会有人历经百折而不挠，在历史上留下自己的印痕，无论他是僧人，还是文学家，都值得尊重与怀念。

当托尔斯泰遇到了《道德经》

　　1882 年秋天的一个夜晚，54 岁的列夫·托尔斯泰，面对社会和宗教的变革，在灯下写出在他内心纠缠很久的困惑。在这篇名叫《忏悔录》的文章里，他写道："在探索生命问题的答案的过程中，我的感受和一个在森林中迷路的人的感受完全相同。"

　　在《战争与和平》和《安娜·卡列尼娜》等著作出版之后，列夫·托尔斯泰名扬世界文坛。荣誉和成功并没有给列夫·托尔斯泰带来太多的快乐，相反，他感觉到自己失去前行的空间和方向。

　　1884 年，列夫·托尔斯泰得到了一本法文版的《道德经》。这本书仿佛一缕阳光照进了他的心房，怀着兴奋的心情，他把《道德经》翻译成俄文。

　　从此，列夫·托尔斯泰把远隔万里、时隔千载的老子称作自己的导师，并时时引用《道德经》里的文章鞭策和警醒自己。直到最后身死异乡的车站，在他的心里，老子仍然占有重要的地位。

　　托尔斯泰在文字里遇见淮河支流涡水岸边的老子，两个民族的文化就在这一刻开始了奇妙的对话。

春秋战国时期，是中国诞生了众多思想家的时代。也许，在一个百废待兴的时代，需要有思想家引领众人前行，为普罗大众制定一些规则与理论，是这些人点燃了文明的烛光。几乎和老子在同一时段诞生的伟人，还有孔子、苏格拉底、柏拉图、亚里士多德……那真是一个群星绚烂的时代。

被列夫·托尔斯泰倍加称赞的《道德经》，传说是老子在一个叫函谷关的地方写成的。老子，姓李，名耳，字聃，公元前 571 年出生在涡水之畔，是中国古代伟大的思想家、哲学家，道家学派创始人，其所著《道德经》被誉为"万经之王"。

公元前 516 年，周王室内乱，各诸侯国热衷于权力争夺，55 岁的老子在那一年辞官不做，骑上青牛径直往西，踏上了寻找心灵净土的归隐之路。

在老子到达函谷关之前，守关的最高长官尹喜早已获知老子即将路过此地的消息。尹喜也知道，这个曾经的国家图书馆馆长有着很深的学问，他的名声已经在周朝的大地上被传颂。尹喜决定在老子路过的时候，向自己的"偶像"提出一个埋藏在心中很久的愿望：让老子为自己写一本书，一本可以打动世界并传世的书。

尹喜的真诚打动了老子。在函谷关边一家简陋的客栈里，老子盘腿而坐，开始专心地撰写《道德经》。那一刻，老子感到自己的心情如晴天朗月，那些藏在心底的文字和思想，开始像水一样在竹简上流淌。

五千多字的《道德经》写成后，老子将竹简交给尹喜。尹喜恭恭敬敬地接了过来，一睹为快。

　　和即将隐居的老子一样，早已厌倦官场纷争的尹喜也是一个向往隐居的读书人。在合上竹简的时候，尹喜决定弃官，跟随老子一同踏上去终南山的路。

　　在涡阳县，离天静宫 2 公里的地方，有一座尹喜的墓，当地人又把它叫作尹子孤堆。跟随老子出关修行的尹喜，为什么死后会让人把自己安葬在这里？是想追随老子生命的足迹吗？或许，尹喜千里迢迢地赶到涡河边，就是想通过老子生活的这片土地，去感受老子思想的博大精深。

　　春天，每年一度的祭祀活动会在涡阳县和鹿邑县同时举行，两地的学者都坚定地认为，老子是自己家乡的名人。这种争论至今仍然在继续着。民间的争论越来越热烈，而书卷里的老子早已半人半仙。

　　涡河的支流武家河，从郑店村边缓缓流过，无垠的田地里，到处都是绿油油的麦子，在白杨林和麦田之中，有轻烟飘荡……我们遥想两千多年前的涡河岸边，一定气象万千。

　　生活在山东曲阜的孔子，故乡离淮河的支流泗水和洙水不远。所以，后世人又称此地"洙泗之地"，意为此处是出圣贤的地方。

　　山东曲阜孔庙举行的祭祀大典，每年都会吸引来自世界各地的人。孔子在中国的影响力和地位，让其他先哲望尘莫及。

　　回溯历史我们发现，老子和孔子的学识和年龄都不在一个层面上，老子比孔子年长很多，孔子就曾经问道于老子。一次，是在现在的洛阳东关大街北侧；还有一次，就是在老子从周室退出之后，孔子专门赶到老子当时所在的亳州，又向老子请教一些世间的至理。后来在亳州建有一座道德中宫，至今在道德中宫的门前还有一条巷子，叫"问礼巷"。这两个地方都耸立着一块石碑，上面镌刻着"孔子问礼碑"。

公元前 5 世纪的某一天，来自黄河边的孔子乘着一辆破旧的牛车，颠颠簸簸地来到洛阳，拜访周天子麾下知识最渊博的人。这一次，究竟孔子向老子问什么礼，老子又说了些什么，《论语》中并没有详细记录。

这次会面，孔子对老子深感佩服，在他的眼里，老子就是一条不可揣测的龙。当然，这有些夸张的赞美，也许是有些客套，但是，两人的相会绝对是电光石火的碰撞，思想的火花点燃了后世的文明。

如果说老子如风的话，那么，那个叫作庄周的人，就是这片平原上灵动的水。庄子是战国时期的蒙人，也就是现在的安徽蒙城县一带的人。在蒙城，有一座建于十几年前的庄子祠，有一个梦蝶广场，还有一个叫庄周的乡镇。当然，这些都是为借名人品牌来发展旅游业的招数。

生活散淡，经常有奇思妙想的庄子和惠施一同在濠河的桥上闲游，两人相谈甚欢。这时，水中有一群鱼游了过来。庄子说："你看，这些鱼在水里游，这是鱼的快乐啊！"惠施不以为然地说："这就怪了，你并不是鱼，你怎么知道鱼的快乐呢？"庄子立刻回了一

句:"你不是我,你怎么会知道我不晓得鱼的快乐呢?"惠施说:
"我不是你,当然不会知道你了;你本来就不是鱼,那你也不会知
道鱼的快乐,理由是很充足的了。"庄子说:"你不是鱼,那你也不
会知道鱼的快乐,理由是很充足的了。"两个人在桥上抬杠的场面
被记录下来,成了经典。

喜欢《逍遥游》的人,都觉得庄子是一个诗人,一个把天地都
缩小到自己脑海里的人,是自由而浪漫的。

颍河是淮河的一条重要的支流,管仲出生在颍河畔。管子少年
时曾接受过良好的教育,通诗书、懂礼仪、会驾车、善骑射。成年
之后,他到过很多地方,接触过各式各样的人,这一段经历,对管
仲思想和性格的形成有很大的影响。

提到管仲,就不能不提他的好朋友鲍叔牙。鲍叔牙也是在颍河
畔长大的,少年时与管仲是很好的朋友,后来又一同外出做生意。
鲍叔牙对管仲很了解,也很包容。管鲍之交,被形容为朋友交往的
最高境界。每次两人做生意赚了钱,鲍叔牙总是让管仲多拿一点,
自己少拿一点。一些外人看不惯,说管仲贪图钱财,不讲义气,鲍
叔牙总是一笑了之,解释说管仲家相对较穷,需要钱。管仲还当过
兵,先后好几次参加战斗,但每次都从战场上逃跑。人们说管仲贪
生怕死,鲍叔牙却为管仲辩护:管仲不是怕死,而是家中有老母要
赡养,不得不这样做。管仲也曾当过一些小官,但每次都因为这样
或那样的原因被解职。人们都议论管仲没有才干,鲍叔牙却为他辩
白说,管子不是没有才干,是没有遇到机遇。

与老子一样,管仲也算是孔子的同时代人。不过,管仲显然要

比孔子大很多，按照时间推算，孔子出生的时候，管仲已经逝世很多年了。如果把管仲与孔子进行比较，更可以看出管仲的不凡了。

从现代政治的角度可以看出，管仲的才华，除了表现在军事和政治上，还表现在经济、哲学、法律、外交、教育、人才、管理以及道德伦理等各方面，既有治国平天下的实践经验，也有相关的理论总结。但在中国历史上，管仲的地位似乎远远低于孔子、孟子、老子和庄子。

老子出关后，不知所终。又过了两千五百年，美国一个名叫里根的总统，在国情咨文中引用了老子的一句话："治大国若烹小鲜!"

1910 年 11 月 10 日，厌倦了锦衣玉食的贵族生活、声名显赫的列夫·托尔斯泰，在耄耋之年，独自买了一张火车票，离家出走。11 月 20 日，列夫·托尔斯泰病逝于阿斯塔堡火车站站长的家中，这一年他 82 岁。列夫·托尔斯泰出走，和两千多年前老子骑青牛西去，似乎有着某种诗意的暗合。

在锦衣玉食的今天，甘守清贫进行思想性创作的人似乎已成另类，但是，一种创新的价值与思想，无疑仍是人类前行的动力和所需的营养。

石涛的追求

　　自号苦瓜和尚的石涛，吃苦瓜，画苦瓜，还把苦瓜当供品一样供奉在案头。他对苦瓜的感情，与他一生的悲苦经历有着密不可分的关系。

　　1642年，石涛出生在广西全州，他的父亲朱亨嘉是朱元璋侄曾孙第二代靖江王朱赞仪的后代。此时，石涛还叫朱若极，王室贵胄的身份给他带来的却是杀身之祸。1645年，在南明内讧中，朱亨嘉被废为庶人，次年被缢杀。危急关头，朱府的一名宦官背着年幼的朱若极仓皇出逃，隐姓埋名，到湘山寺出家为僧，取法名原济，别号石涛。在湘山寺，石涛有个师兄叫原亮，字喝涛。喝涛可能就是背着石涛逃命的宦官。

　　在此后的几十年间，喝涛是石涛生活的照料者，也是石涛艺术的领路人，他教会石涛识字，也传授石涛绘画的技艺。文献说喝涛能诗善画，与石涛齐名，可惜他没有真迹传世，只在石涛的一些作品里见到他诗文的墨迹。喝涛是一位隐于历史的大师，站在石涛的背后。

石涛一生主要生活在三个地方：武昌、宣城和扬州。10 岁左右，石涛随喝涛到武昌生活，作为一名少年僧人，十几岁时，他的绘画天赋开始显露。因为要隐瞒明室后代的身份，石涛一直过着颠沛流离的生活。家人被杀，无依无靠的感觉是他内心暗自生长的隐痛，一直到 60 多岁以后，他把"朱若极"三个字署在作品上，才算结束了隐姓埋名的生活。

在庐山生活两年后，1666 年，24 岁的石涛前往安徽宣城。庐山打开了他通往"清初四画僧"的大门，而在宣城的十五年，奠定了他大师的地位。在宣城，石涛先后在敬亭山山麓广教寺、金露庵和闲云庵修行。念佛唱经之余，石涛和著名画家梅清交往频繁。梅清出身于安徽宣城望族，年长石涛 19 岁。俩人经常谈诗论画，终成忘年之交。石涛往来于歙县、太平、黄山一带，黄山的奇绝风光为石涛的创作提供了极好的素材，他创作了大量关于黄山风光的画作，留下了莲花峰和始信峰的风景。

在宣城隐居约十五年后，石涛和师兄喝涛到了文人荟萃的南京地区。在南京一枝寺，六年的时光，兄弟二人深居简出。这时石涛的绘画艺术渐臻成熟，生活、思想开始发生变化。随着名气日增，他的心也开始变得更大更野，他开始厌倦寺门之内的生活。

石涛 42 岁那年，康熙帝首次南巡，驻跸南京，并巡幸长干寺，石涛与寺中僧众一起接驾。五年之后，皇帝第二次南巡，石涛获赐在平山堂与城间道上迎驾。为纪念这一难忘时刻，石涛特作《客广陵平山道上接驾恭纪》七律二首，其中一首诗云："无路从容夜出关，黎明努力上平山。去此罕逢仁圣主，近前一步是天颜。松风滴露马行疾，花气袭人鸟道攀。两代蒙恩慈氏远，人间天上悉知还。"
石涛为两次面君而感荣耀，且以新朝属臣为荣了。明朝灭亡的时候
石涛才2岁，他的成长记忆大多是关于清朝的，所谓家恨国仇已经
随着时光的流逝，淡化了，苍白了。

　　不甘心以画僧身份行走江湖，石涛希望拥有报效朝廷的机会，
他决定去京城碰碰运气。在京城，他拜见达官贵人，送上自己的作
品，并希望这些心血之作能通过高官的手送到康熙的手上，如果能
获得皇帝的肯定或者召见，他的抱负就有望实现。

　　在京城，石涛和努尔哈赤的曾孙博尔都结为至交，并和画家王
原祁合作绘画。石涛留京三年，皇帝虽然表扬了石涛，但是并没有
给予他更多的荣誉和实质性利益。石涛以为康熙帝礼佛，能像顺治
帝礼待旅庵本月那样礼待他，也以为京城的权贵也礼贤，能像伯乐
荐举千里马那样荐举他，然而他的这些愿望最终都彻底落空，他只
好心灰意冷地回到南方。

　　京城之行，石涛虽未实现报效朝廷的愿望，但是在绘画艺术
上得到了很大提高。频频出入王公贵族的深宅大院，吃喝之余，
须投桃报李，得写画回敬主人，赋诗美言主人。石涛明白，在京
城的政治舞台上，自己在别人眼里不过是个"乞食者"，上层人
物只把他当作画匠。在一丝苦笑中他吟出了如下凄楚哀婉的诗
句："诸方乞食苦瓜僧，戒行全无趋小乘。五十孤行成独往，一
身禅病冷于冰。"

　　1693年之后，石涛定居扬州，购地置房，取名大涤草堂，还俗
为普通人，过着一种类似道士的生活。也许，石涛从没有喜欢过自

己的僧人身份，当和尚也许只是为了免于政治迫害。现在，他解脱了。因为朋友大都是宗教界人士，他的生活圈子仍然在寺院和道观之间。

在扬州，石涛生活稳定，收入还不错，在此经商的徽州商人，如溪南吴氏家族、旅游爱好者黄又，以及四川的费密家族，都是他长达数十年的客户。石涛的家就像一个绘画工厂，每天都有人上门买画，他就要不停地作画。《大涤子传》里记载，石涛晚年开始有仆人，并和家人在一起生活。这里所谓的家人，并不是指妻妾儿女，而是需要他养活的仆人或者绘画作坊的助手。

扬州商贾云集，富甲天下，经济的繁荣促进了文化市场的发展，资本主义萌芽在此诞生。绘画作品是商人结交士人和官员阶层的媒介，也是用于行贿的最好的礼品，绘画业应该是一个非常火爆的行业。画家群体规模庞大，石涛就是他们中的一员。虽然是卖画，石涛仍然很在意被人尊重的感觉。曾经有一个商人让他制作四幅屏风，却给了极低的价格，石涛把那个商人骂了一顿。

60岁以后，石涛体弱多病，在题跋里他经常提到自己的腰病，他可能患上了肾病或者胃病。为了生活，他时常要忍痛作画，这种凄凉孤独的心境，在他和朋友的信札里多有表现。孤苦心境的种子，早在他幼年家破人亡的时候就埋下了，以苦瓜自喻，以瘦自称，以"瞎尊者"自号，都是凭证。

在作品中，石涛有时候把自己画得很强壮、很飘逸，但是，生活的苦痛、明室后代的身份和仕清的理想造成的错置感，却伴随了他的一生。他怀揣理想，想过正常人的生活，却无法实现，胸有诗

情画意，却一生孤苦无依，也许这也是石涛作品风格丰富多变的最
好解释。

沉重的肉身

又一次被相同的梦惊醒：我被一群面孔模糊的人追赶，走投无路，钻进一片树林，情急之下双手做了一个太极收式，掌心向下一按，身子就轻盈地向上飘去，脚下踩着树梢，双腋生翅一般，可以自由地在树梢之上的天空中来回飞舞。我看见追我的人蚂蚁一样在地上团团乱转，而我只向他们投以蔑视的微笑。

还有一个重要的场景是经常在梦里出现的：我总是看见十几年前村庄的模样，看见牛梭拐的三棵钻天杨，看见村西头的池塘、村边线一样的大路。

我第一次梦见自己飞起来，大约在 17 岁。我揣着不安的心情，一遍遍回忆梦里的场景。奶奶说，只有死去的人才可以看见自己行走在地上的模样，才可以在天空中看到自己的亲人和自己生活过的村庄。所以，我一直努力让自己相信，我们的祖先都活在空中，看着我们成长和每日的喜怒哀乐。

我不敢将这个秘密说出来，年复一年地埋在心里。年少的我常常自问：天空中是否有另一个我？

　　12 岁的时候，我站在村庄北沟的新桥上与小伙伴打赌：我可以从桥上跳下去，落到桥下面的水里。结果是，我从 5 米多高的桥上腾空而起之后，却没有落到离桥面 4 米多远的水里，而是重重地砸在新桥下面的石子堆上，昏死过去。

　　从此，我知道我的身体不能像《射雕英雄传》里的英雄们一样飞檐走壁，更不能像鸟儿一样在树林中飞翔。世上没有那样的轻功，让我们的身体轻到像一朵羽毛，在微风中飘荡。

　　从桥上摔下之后，我的身体开始多病。从 12 岁到 17 岁，我几乎成了大大小小的医院的常客。银色的针头扎入我的身体，从疼痛到恐惧，再到麻木，直到最后的一边打针一边谈笑风生。医院的福尔马林气味也让我开始变得悲观自卑，怀疑肉体的开合能量，怀疑生命的真实意义，变得多愁善感、偏执而多疑。病痛可以让一个无任何教育背景的人，不由自主地去思考唯物主义和唯心主义的命题，从而变得很哲学。所以当我看到那个叫子尤的少年关于生命的文字时，我一点都不吃惊。病是人生的残酷老师，可以让人早熟和变得聪慧。同样的人还有史铁生、科学家斯蒂芬·霍金。上帝关上人类某个器官的一扇门，总会强化身体的另一部分功能。

　　唯物质的肉身和空灵的思想，在人的身上一直那么艰难地对立统一。

　　因为先天或后天的原因，这个世界上，没有一个人认为自己的身体是完美的，也没有一个人不为自己的肉体的缺陷痛苦过。灵魂和肉体的斗争，会一直持续到呼吸停止的那一刻。那些梦幻般的思想常常是漫无极限且光彩夺目的，思接千载是美丽的，但肉体无法追及思想的速度，于分秒之间位移千里沟通古今。生老病死的恐惧，伴随每个人的一生，对肉体的维护与使用，占用一生绝大多数的时间。而缘于肉体的一些欲望，也像坠在翅膀之下的金块，让思想无法飞升。

少年时偶尔读到弘一法师的文章，然后知道俗世间的精彩绝伦的李叔同，我困惑为何那么物华精美的生活都没有拴住一颗急于挣脱俗世的灵魂。纠缠于肉体与灵魂之间，要用怎样卓绝的态度，我不知道，也无处问得清楚。少年的我，在村头的大路上，托腮看着南来北往的人，他们或面色愁苦，或扬眉吐气。一个我熟悉得不能再熟悉的乞丐——秧儿，春夏秋冬地从村头走过，扛着他的铺盖。秧儿有一副被阳光晒成酱红色的身体，没有任何病痛。因为他很少有笑或者怒的表情，我也不知道他快不快乐。

同样，村里每隔几年总有一些我以为活得很鲜美的女人投河或者服毒自尽。当她们丰腴红嫩的肉体被埋进黑土地里时，我知道，和她们的肉体同时消失的还有她们憎恨的争吵和自认为无法摆脱的烦恼。没有了烦恼，她们的肉体也成了一抔黑土。受教育的程度，可以决定一个人思考问题的宽度与广度，但决定不了一个人思考问题的简单与复杂。

一个农妇在对待家庭纠纷时的痛苦程度，也许并不亚于一个科学家面对一道新的问题。肉体在面对吃喝拉撒睡这样简单的问题时，是处于同一水平线上的，没有高低之分。所以，支撑起思想的肉体是平等的，无论他是高矮胖瘦还是黑白丑俊，不同的是肉体之上的灵魂，和灵魂站立的高度。但是，很多时候，肉体的外形与功能成为奴役灵魂的桎梏。对于美白俊秀的肉体的纠缠，成为很多人一生的目标和追求。

　　和欣赏自己的肉体之美这一类人相反的一类人，却是出于对肉体的厌恶、恐惧或更复杂的一种情绪，而采取一种取乐或自虐的方式对待肉体。比如那些以扮僵尸为乐的死亡金属摇滚乐队，比如所谓的肉体悬挂。肉体限制他们达到自己想要的快乐与想要的生活，所以，他们高傲独特的思想总是与平淡无奇的肉体达成和谐的统一，结果只能越来越严重地分离，甚至崩溃。

　　肉身的沉重与思想的空灵，互相制约并共容于一具躯壳之内，是造物主的有意安排。

　　为了解脱肉身的局限，人类不停地制造对抗性的机器：腿走得慢，可以发明汽车、火车和飞机，甚至宇宙飞船；眼看不远，可以发明望远镜和"千里眼"。肉体的享乐，在这个物质丰富的年代得到无以复加的强调，对附加于生理之上的性欲、食欲的追求空前高涨，肉体的狂欢遍布大地的每个角落。肉体在思想的指导下一步步得到解放，但是，思想上的恐慌一刻也没停止，仍然恐惧死亡，恐惧病痛。

　　这种恐惧源于思想无法消灭肉体，而肉体却可以轻而易举地停止思想。

幸存，或幸福

如果把蒸汽机的吼叫算作是地球从农耕文明迈入工业文明的号角的话，那么汽车轮胎碾过地面的时刻，则是人类生活方式改变的原点，而电信号的第一次发出，则预示着电子时代的来临。

这一切，都在两三百年内发生了。

站在今天的角度看，五千年前的世界，其实是人类历史上最生动的时刻。面对广袤的土地，人们开始了探索，也开始了争斗。大地是慷慨而多情的，种子在大地中生根发芽，多余的粮食可以用来酿酒。在烈酒的炙烤下，人的心容易膨胀，于是，战争不可避免地开始了。

更多的人仍然在农田里或河岸边劳作，他们日出而作，日落而息，并憧憬未来的日子会更好。因为知识和常识的缺乏，人们应对自然的能力很弱，饥饿和疾病是最大的危险，除此之外，春花秋月、鸟语花香、灿烂的阳光，一样都不少。

两千多年前的世界，智慧在贫困里诞生，为了应对自然，也为了调和争斗的世界，东西方的圣人们开始隔空对话。东方老子、庄子、孔子、孟子和管子，他们从生活里提取对人生的感悟，著书或游学。而西方，苏格拉底、柏拉图和亚里士多德也正行走在广阔的广场上，面对行色匆匆的人群，宣传自己的思想。这个时候的世界，窗外总有一缕霞光。世界，在圣哲的笔端，渐渐点燃智慧的火光。这是一个群星璀璨的时代，从天文、地理、法典、制度、医学、水利到庄稼的丰收，都开始了一系列的打磨和探索。这是一个让人激动的年代，如果没有恩怨纷争和宗教压迫，世界在这一时刻应该是多么安宁。

一千年前的世界，大都会和超级城市都分布在大河的两岸，也或者在大河入海的地方。因为人口的不断增长，地球已经变得十分拥挤，为了拥有更多的财富，战争变得更惨烈。战马的铁蹄，很容易跨过各大陆板块的边缘，胜利者带回异域的食物、种子，还有能工巧匠。文明在战火里飞速融合，而财富也开始以几何倍数增长。

船是河流中最常见的交通工具，通过船，有人开始了勇敢的探索。每一条河都是帝国的"高速公路"，南来北往，熙熙攘攘。

在中国，最繁忙的大河莫过于隋唐大运河了。大运河里，顺流南下的船上装满瓷器、皮革、金属、薪炭或者木材，而逆流北上的船上则装满了盐、茶、糖、布帛和稻米。船队延绵数里，停靠在岸边，南来北往的旅客和商人到岸上休息，购买生活用品，到茶楼中小憩，到庙里上香还愿，或者去看看最流行的演出。古代街头的文艺演出，比现在要多得多了。最时尚的体育运动也许是打马球或者蹴鞠。马球应该是比较贵族化的活动，因为你首先得能买得起马。

北宋的首都开封，当时是世界上最大的都市，人口超过150万，雄踞世界之首。从世界各国拥来的人，在这里出售商品，也出售智慧。都市里长裙曳地的女人们是最美的风景，当然，她们大多是来自富商或官家的"富二代"。在宋元年代的绘画作品里，她们常常是画面的主角。女人们频繁地出现在画作里，说明在那个年代，她们仍然在社会生活里扮演重要的角色，而不是足不出三门四户的小姐。

在北宋所有的画里，最著名的还是那幅《清明上河图》，它以纪实的手法，把九百多年前的开封记录下来。在我的印象里，那幅画作上最多的还是当时的交通工具——船。各种各样的船，漕船、客船、游船、渔船和商船。

在现存的文字里，北宋所拥有的财富，一直被认为是超越唐代的。而且，这个朝代最大的特色是藏富于民，老百姓过着富足的生活。因为富足，才有闲情雅致去侍弄文字和花草，也有时间去勾栏瓦舍里浪荡与风流。

从科技的发展上来说，宋朝的科技发展是世界领先的，发明火药，使用火焰器，出现了航海用的指南针、天文时钟、鼓风炉、水力纺织机、不漏水的舱壁等等。宋朝的物质发达的城市生活在世界上也是名列前茅的，出现了国家现代化学说中的"城市化现象"。《梦溪笔谈》被西方誉为世界上最早的科技百科全书。宋朝已经广泛使用石油、煤炭、天然气等各种能源。宋代开始用焦炭冶铁，早于西方五百多年。人类史上最早使用热兵器的是宋朝，把指南针用于军队行军的也是宋朝。

　　但是，就像是缺少一个基因，庞大的帝国还是受到历史条件的局限，它没有腾飞起来，也没有把中国带出沉重的封建社会。当大航海时代到来的时候，我们这片生生不息的土地仍然在螺旋状地轮回，直到蒸汽机的声音响彻大地。

　　机动的车轮终于快速碾过地球。世界翻开了新的一页，这一页叫资本主义时代。

　　工业化是一头巨兽，它对资源的利用是无度的，也是没有尽头和节制的。这头精力旺盛的巨兽，生产着大量的工业品，同时也改变着美丽的山川与河流。

　　我们生活形态的改变，更多的时候开始借助科技的发展，人不过是裹挟于其中的颗粒，一路向前。人类生产的机器，让人类从繁重的体力劳动中解放出来，但是，机器带来的工业化，让人类在心理与生理上都显示出不适应的症状，"都市病"和各种"富贵病"层出不穷。

　　车轮滚滚。一百多年来，各式各样的机器和车轮吞噬着金属和石化资源，地球沉积了上万上亿年的金属资源，未来五十年内，会有一半被消耗掉。与此同时，石化原料燃烧后带来的大气污染，已经严重影响了地球的温度。受影响最严重的还是江河湖泊，至少在正处在工业化大发展的国家，很多河流已经被严重污染了，比如在中国和印度，黄河、长江和恒河。也许一些大江大河的改变，很多的时候是因为人祸，而非天灾。

　　车轮布满地球，车轮给了我们速度和快感，扩大了我们的生活半径，丰富了我们的生活内容，改变了我们的生活节奏。但是，仅仅是这些吗？

警钟已经敲响，下一步，是幸福，还是幸存？